照れ降れ長屋風聞帖【十七】

臼窓

坂岡真

双葉文庫

目次

※本書は２０１２年５月に小社より刊行された作品に
加筆修正を加えた「新装版」です。

曰《いわく》窓《まど》

一

文政《ぶんせい》十二年（一八二九）、如月《きさらぎ》。

名残《なごり》の牡丹雪《ぼたんゆき》も消え、庭の藪椿《やぶつばき》に集《つど》う雀《すずめ》たちが巣づくりをはじめるころ、江戸のひとびとは先祖の霊を迎えるために仏壇《ぶつだん》や墓の掃除をする。

長い冬の寒さが和《やわ》らぐ彼岸《ひがん》前は浮かれた狼藉者《ろうぜきもの》どもが市中に跋扈《ばっこ》する季節でもあり、東奔西走《とうほんせいそう》を余儀《よぎ》なくされる十手持ちにとっては気の滅入《めい》る厄介事《やっかいごと》がかさなった。

「朝っぱらから、ついてねえや」

定町廻《じょうまちまわ》りの八尾半四郎《やおはんしろう》は眠い目を擦《こす》りながら、蓮見舟《はすみぶね》の縁《ふち》につかまっている。

まだ靄《もや》も明けきらぬ不忍池《しのばずのいけ》のまんなかに、男の屍骸《むくろ》が浮かんでいた。

「旦那、あれを引っぱりあげるのは骨でやすよ」

老いた船頭は棹《さお》を持ちかえ、のんびりと語りかけてくる。

「仕方ねえだろう。火付け盗賊の探索で、下っ端どもが出払っていやがるんだ」

宿直明《とのいあ》けで出遅れた間抜けな定町廻りに、検屍《けんし》のお鉢がまわってきたというわけだ。

三十なかばの半四郎は廻り方の中堅、本来なら屍骸を回収する役目など負う必要もない。

だが、半四郎はちがった。

――ほとけの顔は誰よりもさきに拝め。

駆けだしのころ、伯父《おじ》の半兵衛《はんべえ》に教わった捕り方のいろはを律儀に守っている。

「それにしても、不運な野郎だぜ」

俯《うつぶ》せで水面に浮かぶ屍骸は、成仏《じょうぶつ》できずに三途《さんず》の川《かわ》を漂っているかのようだ。

「旦那、桟橋《さんばし》で誰かが手を振っておりやすよ」

「ん」

首を捻《ひね》って遠くをみやれば、御用聞きの仙三《せんぞう》が懸命に手を振っている。

「あいつ、今ごろ来やがって」

「どうしやす。戻しやしょうか」

「戻るか、阿呆《あほう》」

水面に目をやれば、睡蓮《すいれん》が深みから芽を伸ばしている。

小舟はゆったりと進み、徐々に波紋をひろげながら屍骸のそばへ近づいていった。

「けっ、罰当《ばちあ》たりなほとけだぜ。弁天《べんてん》さんに足を向けて死んでいやがる。あれじゃ、成仏できっこねえな」

「まったくで」

「寄せてくれ」

「へい」

半四郎はあらかじめ用意していた手鉤《てかぎ》を拾い、黒羽織《くろばおり》の右袖《みぎそで》を捲《まく》りあげた。

半鐘泥棒《はんしょうどろぼう》の綽名《あだな》があるほどの巨体である。

立ちあがった途端、ぐらりと舟が揺れた。

「おっと、気をつけろ」

「わかっておりやすよ」

池に落ちたら、心ノ臓が凍ってしまうだろう。

半四郎は船端から右腕を伸ばし、手鉤の先端を屍骸の帯に引っかけた。

「くそっ」

帯がはらりと解け、俯せの屍骸が仰向けにひっくりかえる。

蒼白い死人の顔は、水藻《みずも》のようなざんばら髪に隠れていた。

「もっと寄せろ」

「へい」

船頭が威勢良く棹をさすや、船首が屍骸の腹を小突いた。

水に潜りこんだ屍骸のうえを、滑るように通りすぎていく。

「おい、行きすぎたぞ」

「すんません」

航跡の狭間《はざま》に、沈んだ屍骸の頭がぷっかり浮かんだ。

「戻せ、早く」

「へい」

半四郎は手鉤を捨て、船尾から二の腕を伸ばす。

そして、ざんばら髪を直《じか》に摑《つか》んだ。

「ひぇっ」

驚く船頭を尻目に屍骸を船端に寄せ、一気に引きあげる。

水飛沫《みずしぶき》とともに、鮪《まぐろ》のようなかたまりが船底に転がった。

「うえっ、かちんこちんだぜ」

太い幹を抱えるような恰好《かっこう》で、屍骸は固まっていた。

腐敗臭《ふはいしゅう》が濃いので、死後二日は経っていそうだ。

半四郎は裾《すそ》を引っからげ、蒼白い顔を覗きこむ。

「侍だな」

歳は二十五、六か。

纏《まと》った着物に家紋《かもん》はなく、身元に繋《つな》がるものはみつけられない。

船頭も肩越しに覗きこんできた。

「殺しでやしょうかね」

「あたりめえだろうが」

流れのない池のただなかに浮かぶ屍骸が、入水男《じゅすいおとこ》の成《な》れの果《は》てのはずがない。

別の場所で誰かが殺《あや》め、夜陰に乗じて、わざわざ舟で運んだにちがいなかった。

そうした筋を描いたからこそ、半四郎はみずから厭な役目を引きうけたのだ。

「刃物傷はねえな。ん」

のどに細紐《ほそひも》で絞めた痕《あと》がある。

「こいつは釣り糸か、三味線《しゃみせん》の糸だな」

「そこまでわかっちまうもんでやすかね」

感心する船頭を無視し、半四郎は検屍をおこなった。

すると、着物の懐中《かいちゅう》から油紙の包みが出てきた。

「何でやしょう」

「さあな」

油紙を解いてみると、木彫りの猿《さる》と葛《くず》の葉《は》が出てくる。

下手人《げしゅにん》からの謎掛《なぞか》けかもしれない。

「くそっ、またか」

「またかって、ほかにも」

「ああ、これで三人目だ」

身元も判然としない侍の変死体を検屍するのは、今年にはいって三度目のことだ。

　ひとり目の遺体は、湯島切通《ゆしまきりどおし》の岡場所で見つかった。女郎としっぽり濡れたあと、出刃包丁《でばぼうちょう》で胸をひと突きにされたのだ。敵娼《あいかた》の女は殺しを見ておらず、狐《きつね》につままれたような顔をしていた。

　さらに、ふたり目は番町《ばんちょう》の善國寺谷《ぜんこくじだに》で見つかった。芥《あくた》が堆《うずたか》く積まれた火除地《ひよけち》の一角だ。

　遺体は鋭利な刃物で脳天をふたつに割られており、両方の目玉を鴉《からす》に啄《ついば》まれていた。

　殺められた場所もやり方もちがっていたが、遺体はいずれも月代《さかやき》を剃《そ》った二十五、六の侍で、何の暗示か、懐中から木彫りの猿と葛の葉が見つかった。

「まるで判《はん》じ物《もの》でやすね」

　船頭は、得意気に胸を張る。

「葛の葉といやあ、信太《しのだ》の白狐《しろぎつね》。風に吹かれて裏を見せる葛の葉の意味するところは、恨《うら》みだな」

「ほほう、船頭のくせに謎解きをやるのか」

「へへ、判じ物にゃ目がありやせん」

「ならば、木彫りの猿はどういう意味だ」

「はあて。猿は馬の使いだから、馬に関わることかも」

「そいつは、おれも考えた。殺された連中は馬方役人か何かで、そいつらの操《あやつ》る馬に蹴られて死んだ野郎の遺族か知りあいが、恨みを晴らそうとしたのかもってな。もちろん、誰も相手にしなかった。一笑に付されたぜ。そんなはなし、まともに取りあうやつはいねえ」

どちらにしろ、猿が何を意味するのか。

それが解けないことには、はなしにならない。

今わかっているのは、下手人はふざけたやつだということだけだ。

船頭は思案《しあんな》投げ首《くび》で考えこみ、ぼそっとこぼす。

「ひょっとしたら、笊《ざる》のことかもしれやせんよ」

「笊だと」

「へい。猿が濁《にご》って笊」

「で、その意味は」

「さあ」

「ちっ。笊の恨みじゃや、何のことだか、さっぱりわからねえじゃねえか」

「仰《おつしや》るとおりで」

船頭は棹を器用に操り、小舟の舳先《へさき》を大きくまわした。

桟橋ではあいかわらず、優男《やさおとこ》の仙三が両手を振っている。

「あの野郎、こっちの苦労を笑っていやがる。戻ったら、ただじゃおかねえぞ」

半四郎はぺっと唾を吐き、硬直した屍骸の顔に目を落とす。

白々と明けた空を見つめる眼球には、糸蚯蚓《いとみみず》のような虫が這《は》っていた。

二

一日じゅう歩きまわっても、殺された者の素姓《すじよう》を探りだすことはできなかった。半四郎はもういちど、ひとり目の犠牲者が見つかったさきを調べてみようとおもいたち、日が暮れてから湯島切通の岡場所を訪ねてみた。

湯島天神《てんじん》の裏手、勾配《こうばい》のきつい崖下にある薄暗い一角に、安女郎屋の灯りが妖《あや》しく揺れている。

俗称は『ふぐ店《だな》』、伝染《うつ》れば死にいたる瘡持《かさも》ちの鉄砲《てつぽう》女郎が多い。

ふぐ毒に当たるのを覚悟で通うさき、というのが名の由来《ゆらい》らしかった。

相場は線香一本分で百文程度だが、交渉次第では二十文にまで下がる。

辻の暗がりに潜む夜鷹《よたか》でも二十四文が相場なので、安価なことは確かだ。客筋もよかろうはずはなく、月代を剃っているような銭のある侍が通うところではなかった。

だが、抱え主らのはなしによれば、ひとり目の犠牲者となった侍は、このふぐ店で女郎を買い、穴蔵のような狭い部屋で事を済ませたあと、敵娼の女が小用でほんの少し目を離している隙に出刃包丁で刺されたのだという。

そもそも、なぜ、侍はふぐ店を選んだのか。

捕り方なら誰でも抱く疑念だが、明確なこたえは得られていない。

あらためて足をはこんでみれば、蓮見舟で屍骸回収に向かった不忍池は目と鼻のさきだった。

半四郎はすぐに役人とわかる黒羽織を脱ぎ、損料屋《そんりようや》で借りた垢《あか》じみた着物を纏《まと》った。月代は青々としているものの、職にあぶれた浪人に見えなくもない。客を装い、女たちの本音を聞きだそうという目論見《もくろみ》だが、じつのところ、さほどの成果は期待していなかった。

すでに、手下の仙三が二度ほど聞きこみをやっていたからだ。

仙三の本職は廻《まわ》り髪結《かみゆ》いなので、女郎たちも腹を割ってはなしやすい。にもかかわらず、めぼしいはなしが出てこないところから推《お》せば、下手人は無論のこと、殺められた侍の素姓も知る者はいないものとおもわれた。

「それでも、あきらめずに通う。お百度踏んで血の臭いも消えたころ、おもいがけないご利益《りやく》を手にすることもある」

呪文《じゆもん》のようにつぶやくこの教訓も、頑固者《がんこもの》の半兵衛から教わったことだ。

風烈廻《ふうれつまわ》り同心として活躍した伯父は疾《と》うに隠居し、下谷同朋町《したやどうぼうちよう》の自邸で鉢植えを育てながら悠々自適《ゆうゆうじてき》の暮らしを送っている。顔を出せば説教ばかりされるので、足も遠のきがちだが、若い時分から耳に胼胝《たこ》ができるほど聞かされつづけたことばは、ここぞというときの役に立った。

「ご利益があればよいがな」

胸騒ぎがする。

頰《ほお》を撫《な》でる生温《なまぬる》い風の正体は、不忍池から立ちのぼる瘴気《しようき》であろうか。

半四郎は六尺余りのからだを縮め、朽《く》ちかけた庇《ひさし》の陰に佇《たたず》む厚化粧《あつげしよう》の年増《としま》に声を掛けた。

「姐《ねえ》さん、いくらだい」

「ちょんの間で二百文、泊まりなら二朱だよ」

「けっ、吹っかけやがる。茶漬け二杯分で、いいおもいができるって聞いたんだがな」

「菰《こも》を抱えた夜鷹といっしょにするんなら、お門違《かどちが》いだよ。見掛けは小汚いところだけれど、岡場所番付にもちゃんと載っているんだからね」

それは嘘だ。番付に載っているとすれば、鉄砲女郎に当たって鼻欠けになる岡場所番付のほうだろう。

「文句があるんなら、抱え主に言っとくれ。そこの辻を曲がったさきに、番小屋があるから」

抱え主は、薹《とう》の立った女将《おかみ》で、検屍のときは、何を尋ねても、貝のように口を噤《つぐ》んでいた。

「どうすんだい」

年増女郎は、顔に警戒の色を浮かべた。

が、どうやら、正体はばれていないようだ。

何せ、暗すぎて、顔もろくに判別できない。

「正直に言わせてもらうとね、あたしゃ月代を剃ったお侍が大嫌いなのさ」

「ほう、どうして」

「どうしてって、信用がおけないからだよ」

何かあるなと、半四郎は感じる。

ふぐ店で殺しがあったのは、正月早々のことだ。

まだ、ふた月と経っていない。

凄惨《せいさん》な記憶が生々しく残っていても、何ら不思議ではなかった。

「ちょんの間で頼む」

半四郎はにっこり笑い、一朱金《いっしゅきん》を指で弾いた。

「つりはいらねえ」

ぴくっと応じた痩《や》せぎすの肩を抱き、饐《す》えた臭いのする穴蔵へ誘いこむ。

機嫌を直した女は手燭《てしょく》の炎を有明行灯《ありあけあんどん》に移し、素早く帯を解きはじめた。

「おっと、脱がなくていい」

「え」

「ちょいと、はなしが聞きてえだけだ」

「あんた、ひょっとして、お役人かい」

女は頬を引きつらせ、粗末な着物の裾をたくしあげる。

隙があれば、逃げようという体勢だ。

「待たねえか。おれは客としてやってきた。抱え主も勘づきゃしねえさ。こうして低声《こごえ》で喋《しゃべ》れば、隣にも聞こえねえしな。ちゃんと喋ってくれたら、小粒をもう一枚くれてやってもいいぜ」

「ほんとうかい」

女は声を上ずらせ、ささくれだった畳にしおらしく膝をくずす。

「いったい、何が聞きたいんだい」

「出刃包丁で刺された侍のことさ」

「そいつ、浅葱裏《あさぎうら》だったらしいけど」

着物の裏地が浅葱木綿《もめん》の田舎侍だったという。

「勤番侍《きんばんざむらい》か」

「でも、どこの馬の骨だか、あたしゃ何ひとつ知りませんよ」

「敵娼にされた娘はどうした」

「あの夜以来、どうにかしちまってね。もう、ここにはいません」

「消えたのか」

十日ほどまえのことだという。

「書きおき一枚残さず、居なくなっちまったんです。可哀相《かわいそう》に。江戸をすててこかへ行きたいって言ってたけど、どうせ、どこにも行きつくことなんざできやしないさ。どこかで野垂《のた》れ死ぬか、夜鷹に堕《お》ちるしかないんだ」

「娘の名はたしか、おちよだったな」

「それは源氏名《げんじな》ですよ。おくずというのがほんとうの名で、ふぐ店のおくずじゃ客がつかないからって、名を変えたんですよ」

「おくずか」

半四郎は、じっと黙りこむ。

遺体に残された葛の葉と、おくずを関連づけて考えたのだ。

検屍のとき、もっとじっくり敵娼を調べておけばよかったと悔やむ。

一瞬ではあったが、下手人はおくずではないのかとも疑った。

が、動じた様子もなかったので、人を刺したとはおもえなかった。

だいいち、行きずりの客を殺める理由はないのだ。

殺めたとすれば、その場から逃げていたにちがいない。

それゆえ、敵娼に刺された線は捨てていた。

「旦那、どうかしましたか」

女に顔を覗きこまれ、半四郎は我に返った。

「いや、何でもない。おくずとは、仲がよかったのかい」

「別に。あの娘は去年の師走《しわす》に転がりこんできた新入りでしてね、それまでは芝《しば》のほうで窓芸者《まどげいしゃ》をやっていたとか」

「窓芸者」

「鳥追《とりおい》ですよ」

三味線を弾いて門付《かどづ》けをやりながら、勤番侍相手に春をひさいでいたらしい。

「のどに刃物の傷がありましてね、見せてもらったけど、それは酷《ひど》い傷だった。本人から聞いたわけじゃござんせんが、あの娘はきっと心中のし損ないですよ。心中の片割れが鳥追になるってはなしは、よく聞きますからね」

心中に失敗《しくじ》った鳥追が、岡場所の安女郎に堕ちたのだ。

まるで、絵に描いたような転落話だが、ふぐ店の女たちはいずれも似たような境遇の持ち主ばかりだった。

「ここの女たちは、姉妹のようなものでしてね。ほとんどみんな瘡持ちだから、おたがいを憐れんで仲良くしてるんですよ。うふふ、あたしもそのうちに髪が抜け、仕舞《しま》いにゃ鼻が欠ける。鼻さえ欠ければ、一人前でしょう。ほかの連中みたいに糝粉細工《しんこざいく》の付け鼻つけて、せっせと稼いでやりますよ」

瘡の病に苦しむ者たちは、谷中《やなか》の笠森稲荷《かさもりいなり》に土団子《つちだんご》を供える。なぜか、鼻さえ欠ければ病苦から逃れられると信じており、早く欠けますようにと祈るのだ。

「ふぐ店にゃ、変わった客が来る。どうせなら、鼻欠けのほうがいいって言うんです。殺された若侍も、そうだったって聞きました。付け鼻の敵娼がいいって、女将さんに頼んだとか。どうしてかって理由を尋ねたら、肝試《きもだめ》しのようなものだと笑ったらしいんですよ」

女郎を買いに来る目的が『肝試し』だったとしたら、わざわざ、ふぐ店を選んだ理由も納得できる。当たるも八卦《はっけ》、当たらぬも八卦、鉄砲女郎を買って瘡になること自体が、賭《か》けの対象になっていたのかもしれない。

そうだとすれば、ふざけた遊びを考えついた仲間がいたはずだ。

「あのことがあってから、月代を剃ったお侍はひとりも見えておりません」

「そうかい」

「ほかに、はなすこともありませんけど」

女は媚《こ》びたような顔をして見せたが、半四郎は知らんぷりをきめこんだ。

殺された侍の素姓を知る者はいないようだし、一朱余計に与えるほどのはなしでもない。

「ありがとうよ。邪魔したな」

半四郎は礼を言って、あっさり背中を向ける。

女の舌打ちを聞き、穴蔵からのっそり這いだした。

刹那《せつな》、殺気が膨《ふく》らんだ。

「へやっ」

気合いとともに白刃が躍り、鼻先に突きだされてくる。

「ぬむっ」

死を覚悟した。

南町奉行所屈指の剣客として知られる半四郎でさえ、躱《かわ》す暇《いとま》を与えられない。

「あっ」

それほどの力量を携《たずさ》えた相手が、素《す》っ頓狂《とんきょう》な声をあげた。

白刃が引っこみ、凛々《りり》しい風貌《ふうぼう》の若侍が顔を寄せてくる。

「八尾さん、わたしですよ。天童虎之介《てんどうとらのすけ》でござる」

「……お、おう。虎之介か」

全身から力が抜け、半四郎は膝をつきそうになった。

「申しわけありません。岡場所荒らしとまちがえました」

「気にするな」

天童虎之介は会津《あいづ》藩の元藩士で、同藩の御留流《おとめりゅう》として知られる会津真天流《しんてんりゅう》の練達《れんたつ》だった。

拠所《よんどころ》ない事情があって出奔《しゅっぽん》し、今は金欠浪人の身だ。

五年ほどまえ、ひょんなことで照降《てりふり》長屋の浅間三左衛門《あさまさんざえもん》と知りあいになり、その伝手《つて》で半四郎とも懇意《こんい》になった。月に何度か柳橋《やなぎばし》の『夕月楼《ゆうづきろう》』に集まり、楼主の金兵衛《きんべえ》や三左衛門とももども、へぼ句を捻りながら酒を酌《く》みかわす仲間でもある。

「虎之介よ、どうして、おぬしがここにおる」

「お恥ずかしいはなし、口入屋《くちいれや》の紹介で用心棒をやっております」

「ふぐ店のか」

「ええ。口入屋では七つ屋（質屋）の用心棒だと聞いてきたのですが、蓋《ふた》を開けたら女郎屋の用心棒だったようで」

断れば食えなくなる。

背に腹はかえられず、つづけているのだという。

「それほど、金に困っておるのか」

「情けないことに」

虎之介は伸びた月代を掻《か》き、雲脂《ふけ》を撒きちらす。

「読めたぞ」

半四郎は、ぱんと手を叩いた。

「鎌倉河岸《かまくらがし》の貧乏長屋に住む娘、名は何と言うたかな」

「おそでにございます」

「さよう。そのおそでと所帯を持つために、まとまった金が要るのであろう」

「まあ、それもあります」

「金なら、金兵衛に借りればよい」

「親しい方に、借りをつくりたくありません」

「ふん、水臭《みずくせ》えことを言いやがる。あいかわらず、頭の固《かて》え野郎だな」

「それしか、取り柄がないもので」

「ともかく、立ち話も何だし、そこいら辺で一杯飲《や》ろう」

「じつは、わたしのほうも、八尾さんにおはなしが」

抱え主に了解を得てくると言い、律儀な虎之介は踵《きびす》を返す。

穴蔵のなかでは、さきほどの女がじっと息をひそめていた。何やら、死臭のようなものが漂ってくる。

「ふん、いけ好かねえ」

半四郎は苦い顔をつくり、ぺっと痰《たん》を吐きすてる。

清廉な虎之介とは、およそ相容《あいい》れぬところだなとおもった。

三

不忍池のまわりには、事情《わけ》ありの男女が逢引《あいびき》に使う出合茶屋《であいぢゃや》が軒を並べている。淫靡《いんび》な空気に包まれた露地裏の一角に、黒い猪《いのしし》の剝製《はくせい》を看板代わりにしている獣肉屋《ももんじや》があった。

「へへ、山くじらの看板は平川町《ひらかわちょう》だけじゃねえ。池之端《いけのはた》にもあるんだぜ」

「なるほど、存じませんでした」

「色気より食い気のおめえにゃ、獣肉屋がお似合いだ。へへ、小洒落《こじゃれ》た料理屋で湯豆腐《ゆどうふ》なんぞを掬《すく》うよりましだろうが」

半四郎は真っ赤な肉を小鍋で煮ながら、前歯を剝《む》いて笑う。

「牡丹肉はな、煮れば煮るほど柔らかくなるんだぜ。こうして、甘辛《あまかれ》え溜《たま》り醬《じょう》油《ゆ》に浸けるのさ。ほれ、食べてみろ」

「はい」

虎之介は促されてひと切れ口に頬張り、心底から嬉しそうな顔をする。

「美味《うめ》えか」

「それはもう」

「へへ、そいつはよかった」

虎之介は、二人前の猪肉をひとりでぺろりと平らげた。

半四郎は肉の追加を注文し、葱《ねぎ》を肉汁で煮はじめる。

そして、箸《はし》を休めては、白い湯気を肴《さかな》にぐい呑みをかたむけた。

虎之介も調子に乗り、手酌《てじゃく》で安酒を呷《あお》る。

蟒蛇《うわばみ》のふたりは、いっこうに顔色を変えない。

ただひたすらに呑んでは食い、腹を膨らませた。

「ふはは、腹の皮が突っぱったぜ。おめえは、まだ食い足りねえようだな」

「いいえ、充分です。ご馳走《ちそう》になりました」

「まあ呑め」

「は」

半四郎は酒を注いでやり、ぎろっと目を剝いた。

「で、はなしってのは何だ」

「はい」

虎之介は座りなおし、襟元《えりもと》を整える。

「じつは、ふぐ店の抱え主に『お礼参りがあるかもしれないから、よろしく頼むよ』と念押しされました」

それもあって、闇雲《やみくも》に刀を抜いてしまったという。

「おれを『お礼参り』の相手とまちげえたわけだな」

「はい」

「そいつは、侍殺しと関わりがあるのか」

身を乗りだす半四郎に向かって、虎之介はうなずいた。

「侍殺しがあったから腕利きの用心棒を雇ったと、抱え主の女将に告げられ、何だそうだったのかとおもいました」

「誰からお礼参りを受けるのか、女将は言わなかったかい」

「何でも、殺められた侍は、ふぐ店に肝試しでやってきたとか。それならきっと、悪ふざけの好きな仲間がいるはずだから、そいつらが仕返しにやってくるかもしれないと、女将はえらく脅えていましてね」

近頃、十番組の鳶《とび》たちと揉《も》めている勤番侍たちの噂を聞いた。

もしかしたら、その連中かもしれないと、女将はひとりごとのようにつぶやいたらしい。

「十番組か」

「はい。わたしなりに調べてみたところ、下谷辺りを縄張りにする『る組』の町火消したちが、去年の師走に下谷広小路《したやひろこうじ》で大名火消しと小競《こぜ》りあいをやっていたことがわかりました」

「ああ、それなら、おぼえているぜ」

侍のほうが水茶屋ではたらく町火消しの娘にちょっかいを出したとかどうとか、くだらない理由からはじまった喧嘩《けんか》だ。

「怪我人も、けっこう出た。る組と揉めたのはたしか、安芸広島藩《あきひろしまはん》の侍火消しどもだったな」

「それは、おもいちがいかもしれませんよ」

「え、そうなのか」

寛永寺《かんえいじ》の防火を任されているのは、安芸広島藩の大名火消しだが、町火消しと喧嘩沙汰《ざた》を起こしたのは、主家の手伝いに駆りだされていた支藩の者たちらしかった。

「支藩というと」

「広島新田藩《しんでんはん》です」

封地も与えられていない三万石の小藩だ。

帰るべき故郷がないので、藩主は代々北青山《きたあおやま》の上屋敷に居座っている。

藩士たちも江戸生まれだからか、主家の連中より垢抜けて見えた。

もちろん、支藩だけに肩身の狭いおもいを強《し》いられており、血の気の多い一部の若侍たちは、日頃の鬱憤《うっぷん》を晴らすかのように乱暴狼藉《らんぼうろうぜき》を繰りかえしているという。

「そやつら、自分たちを『なると組』などと称し、寛永の旗本奴《はたもとやっこ》を気取っているとも聞きました」

「なると組か。初耳だな」

「火消しに絡んで、もうひとつおはなしが」

「何だ」

「抱え主の女将によれば、行方知れずとなった女には密かに逢っていた情夫《いろ》があったらしく、その男は『め組』の平鳶《ひらとび》だとか」

抱え主が情夫の影を知ったのは、殺しがあって五日ほど経ってからだった。

そののち、夜這《よば》いのように、おくずのもとへ何度か訪ねてくるのを垣間見《かいまみ》ている。

「ほんとうに、情夫なのか」

「銭を落としていかないので、そうおもったそうです」

「め組と言えば芝の二番組、纏《まとい》は鼓胴籠《こどうかご》にめの字か。あっ」

「八尾さん、どうかなさいましたか」

半四郎は懐中に手を入れ、矢立《やたて》と半紙を取りだした。

「おめえ、鼓胴籠ってのを見たことがあるか」

「いいえ」

「こうしてな、大笊《おおざる》を逆さまにしてふたつくっつけたのが鼓胴籠だ」

半四郎は筆先を舐《な》め、紙にさらさら描いてみせる。

虎之介は、首をかしげた。

「大笊が、どうかしたのですか」

「死んだほとけは三人だ。三人の懐中から、木彫りの猿と葛の葉がみつかった。

葛の葉の意味が恨みだってのはわかったが、猿のほうがどうにもわからなかった。蓮見舟の船頭がな、笊のことじゃねえかって言ったのさ。そいつを、ちょいとおもいだしてな」

「八尾さまは、木彫りの猿をめ組の纏と結びつけ、町火消しの情夫を下手人だと疑っておられるのですか」

「ぴんとこねえようだな」

「こじつけにしかおもえませんけど」

「ふん、どっちにしろ、消えたおくずと情夫を捜しださなきゃな。おめえも手伝ってくれるかい」

「無論です」

虎之介は小鼻をぷっと膨らませ、少し酔いのまわった顔で応じる。

この際、広島新田藩にも探りを入れてみようと、半四郎はおもった。

四

彼岸になっても、おくずの行方は杳《よう》として知れないままだった。

芝のめ組にそれとなく当たってみたが、情夫とおぼしき相手を見つけることはできなかった。

ただ、わるいことばかりではない。

殺された三人の身元が割れたのだ。

予想どおり、三人の侍は広島新田藩の火消し役であった。

半四郎は妻の菜美《なみ》がつくった牡丹餅《ぼたもち》を食べたあと、麴町《こうじまち》まで足を延ばし、鈴《すず》振谷《ふりだに》とも呼ぶ善國寺谷の急坂をくだっていった。

まっすぐすすめば、迷路のような番町へたどりつく。

左右は火除地になっており、泥濘《ぬかるみ》と化した空き地の端には芥山《あくたやま》ができていた。

――御用地に芥を捨てるべからず。

という立て札が、虚《むな》しげにかたむいている。

「おおい、八尾さん」

芥山を背に手を振るのは、大小を閂《かんぬき》差《ざ》しにした虎之介だった。

昼飯前に落ちあう約束をしていたのだ。

「おう」

半四郎は手をあげて応じ、草履《ぞうり》が泥に沈むのも厭《いと》わずに近づいた。

鼻を摘《つま》みたくなるほどの臭気が襲ってくる。

「たまらねえな」

ふたり目の侍は芥山に背をもたせかけ、鴉に目玉をほじくられていたのだ。

　虎之介が、ゆっくり身を寄せてきた。

「どうも」

「よう、済まねえな」

「脳天をかち割られた遺体は、あそこに捨ててあったのですね」

「ふむ。名は高岡隼人《たかおかはやと》、齢はおめえよりふたつ上の二十六さ」

「『なると組』のひとりでしょうか」

「ああ、そうだ」

「これで、繋がりましたね」

　ふぐ店で心ノ臓を突かれたひとり目の侍は石毛惣次郎《いしげそうじろう》、首を絞められて不忍池に浮かんだ三人目の遺体は古市鉄五郎《ふるいちてつごろう》と言い、いずれもなると組に属していた。日頃から素行がわるく、師走に町火消しのる組と喧嘩沙汰を起こした連中でもあった。

「藩の体面てえやつがある。三人は病死あつかいにされていた。上から下まで箝《かん》口令《こうれい》が敷かれていやがってな、探りだすのに苦労したぜ」

門番から出入り商人まで、片端から当たって得られたはなしだった。

「さすが、八尾さん。ほかの定町廻りなら、匙《さじ》を投げておりますよ」

虎之介はえらく感心し、要点を整理しはじめる。

「高岡隼人の屍骸が見つかったのは、ひとり目の石毛惣次郎が殺められた七日後でしたね」

「高岡の屍骸は少なくとも、死んでから二日は経っていた。ひとり目の殺しからふたり目にいたるまでは、五日しかあいてねえ」

「三人目の古市殺しだけは、ふた月近くも離れていた」

「仲間をふたり殺《や》られて、敵さんも警戒していたのさ」

「敵さん」

「下手人から見りゃ、そうなる」

「なるほど」

虎之介の不思議そうな反応を眺め、自分でも知らぬまに下手人の側に立っているのかもしれないと、半四郎はおもった。

「ひとり目の石毛だけは、屍骸の見つかった岡場所の部屋で殺られた。高岡と古市は別のところで殺められ、運ばれたにちげえねえ。何で屍骸を移す必要があったのか、おめえにゃわかるかい」

「誰かに見られたか、下手人だとわかってしまう恐れがあったか。いずれにしろ、移さねばならぬ事情が生じた」

「おれも、そうおもう。ここで見つかった高岡は、頭をかち割られていた。たぶん、得物は鳶口《とびぐち》だ」

「火消しが使う道具ですね」

「ああ。それから、三人目の古市はたぶん、三味線の糸で首を絞められていた。おくずは岡場所に身を沈めるまで、鳥追をやっていたそうだ」

「鳥追と言えば、三味線か」

一方、ひとり目の石毛は、どこにでもあるような出刃包丁で胸をひと突きにされていた。

「三人とも、玄人《くろうと》のやり口とはおもえねえ。鳶口と三味線糸から推せば、おくずと情夫が怪しいってことになる」

殺しの筋を描きつつも、半四郎は浮かない顔をする。

「どうなさったのです」

「考えてもみろ。おくずという娘は、まだ十六だ。情夫にしたって、どうせ、若造にちげえねえ。そんな連中が命懸けで侍殺しをやるからには、よほどの理由があったとしかおもえねえのさ」

「確かに」

虎之介はじっと考えこみ、さらりとはなしを変えた。

「『なると組』は、ぜんぶで何人からなるのでしょう」

「わかっているのは、五人の火消し侍だ。広島藩で隆盛を誇る貫心流《かんしんりゅう》の同門でな、大将格の組頭《くみがしら》は山崎栄蔵《やまざきえいぞう》、副将格は金巻才蔵《かねまきさいぞう》というらしい」

「大将と副将は、まだ生きているというわけですね」

「山崎と金巻は、貫心流の免状持ちだ。三人の仲間が殺され、警戒しているだろうからな、葬《ほうむ》るのは容易じゃねえ」

「下手人はどこかで息を殺し、ふたりの命を狙っていると」

「ああ。なると組に恨みを持つ者の仕業《しわざ》だとすればな」

「鍵《かぎ》を握るのは、やはり、おくずという女か」

「髪結いの仙三にも捜させているが、今のところ影すらみつけられねえ」

ちょうどそこへ、仙三が泥を撥《は》ね飛ばしながら駆けてきた。

「ほら、噂をすれば何とやらだ」

優男の御用聞きは、めずらしく血相を変えている。

「八尾さま、てえへんだ。る組の頭が襲われた」

「何だと」

路上で大勢に囲まれて露地裏に連れこまれ、袋叩きにされたらしい。

瀕死《ひんし》の重傷を負ったが命に別状はないと聞き、半四郎はほっと胸を撫でおろす。

「仙三、やったのは侍か」

「いいえ、町人髷《まげ》の破落戸《ごろつき》どもだったようで」

「破落戸」

「はっきりとはわかりやせんが、湯島天神下の甚兵衛《じんべえ》に雇われた連中だとか」

「天神下の甚兵衛なら知っているぜ。獅噛火鉢《しかみひばち》みてえな面《つら》した見かけ倒しの野郎だ。それにしても、妙だな。甚兵衛と揉めている町火消しは、黒門町界隈《くろもんちょうかいわい》を縄張りにする『わ組』のはずだぜ」

「仰るとおり。る組とは、何の関わりもありやせん」

にもかかわらず、どうして頭を襲ったのか。

仙三は、気になることを口走った。

「る組の頭は師走の喧嘩がよほど腹に据えかねたのか、火消し侍たちの行状をお上に訴えると息巻いていたとか」

「そいつが、体面にこだわる新田藩の上のほうに知れた。余計なことをしねえようにと破落戸どもを雇い、頭を痛めつけて脅した。そういう筋か」

あながち、外れてはおるまい。

いずれにしろ、甚兵衛本人に確かめてみればわかることだ。

「荒っぽい手に出るしかねえか」

不敵に笑う半四郎に、仙三は驚いた顔を向ける。

「今からで」

「ああ、浅野《あさの》家の御屋敷でも眺めながら、のんびり行こうぜ」

三人は麴町の大路を流す担ぎ屋台で蕎麦《そば》をたぐり、平川町を突っきって武家地に踏みこんだ。

途中、霞《かすみ》ヶ関《せき》の小高い丘から白妙《しろたえ》の富士山《ふじさん》を振りあおぎ、広島藩浅野家四十二万石の広大な上屋敷を横目に眺めながら、霞ヶ関の坂道をくだった。

海鼠塀《なまこべい》に挟まれた坂道は長く、奈落《ならく》へつづいていくような錯覚に襲われる。

三人の足取りは、どことなく重そうに感じられた。

五

半四郎たち三人は、湯島天神下の甚兵衛一家までやってきた。

敷居をまたぐと、強面《こわもて》の手下どもに出迎えられたが、気後れを感じるような半四郎ではない。

「甚兵衛はいるか」

黒羽織に包んだ巨軀《きよく》を押しだし、相手がすくむような声で威《おど》しあげる。

すぐさま、獅子鼻《ししばな》の大男が奥からあらわれた。

甚兵衛だ。

芝翫縞《しかんじま》の派手な褞袍《どてら》をばさりと羽織り、松葉模様の紅襦袢《べにじゆばん》から突きだした手で銀煙管《ぎんぎせる》を握っている。

「ふん、伊達者《だてもの》気取りか」

鼻を鳴らす半四郎を面前におき、甚兵衛はどっかり胡座《あぐら》をかいた。

「これはこれは、八尾さまじゃござんせんか」

「久しぶりだな。おめえの噂はよく耳にするぜ」

「良い噂なら、ありがてえんでやすがね」

「んなわけねえだろう」

「へへ、今日はまた、どのような御用で」

『る組』の頭の一件さ」

「火消しの頭が、どうかしたんで」

「とぼけるんじゃねえ。手下を使って、ぼこぼこにさせたろうが」

「へへ、何かの勘違いじゃござんせんかね。どうして、あっしが何の関わりもねえ『る組』の頭を痛めつけなきゃならねえんで」

「おおかた、誰かに金でも掴まされたんだろうよ。おめえに与太話《よたばなし》を持ちこんだのが誰か、そいつを教えてもらおうとおもってな」

「へへ、言いがかりはやめてほしいな」

「ほう、そうきたか」

半四郎はぎょろ目を剝き、ぐっと顔を近づける。

「甚兵衛よ、その調子でしらを切る気なら、こっちもやり方を変えなくちゃならねえ」

「どう変えるので」

強面の甚兵衛はひらきなおり、銀煙管を分厚い唇《くち》もとへ持っていく。

半四郎はすっと身を引き、目にも留まらぬ捷《はや》さで抜刀した。

——ぶん。

刃風が唸る。

きんと、金音が響いた。

「ひぇっ」

甚兵衛が、口をひんまげる。

手にした銀煙管の火皿がない。

半四郎の刃が、瞬時に断ったのだ。

「うえっ」

甚兵衛はおもわず、腰を抜かしかけた。

すでに、股間は小便で濡れている。

存外に気の小さい男だ。

「ふん、見かけ倒し野郎め」

「……ご、後生だ。命だけはお助けを」

「正直に喋れば、罪にゃ問わねえさ」

「……ほ、ほんとうですかい」

「ああ。ただし、飼い主に義理立てするようなら、容赦《ようしゃ》はしねえ。おめえの首が銀煙管の火皿になるだけのはなしだ」

十手持ちらしからぬ脅しをかますと、後ろに控える虎之介から溜息が漏れた。

気にしてなどいられない。

半四郎の脅しは、ひと皮剝けば小心者の小悪党には充分すぎるほど効いた。

「降参いたしやす」

甚兵衛は魂《たましい》を抜かれたような顔で、頼んできた相手の名を漏らす。

「五国屋利右衛門《ごこくやりえもん》でやす」

築地《つきじ》に見世を構える廻船問屋《かいせんどんや》だ。

河岸人足《かしにんそく》を手配した縁で懇意になったらしい。

「『る組』の頭を痛めつけた理由は」

「そこまではわかりやせん。余計な詮索《せんさく》はしねえことになっておりやす」

本人に聞くしかあるまい。

「いくらで請け負った」

「河岸の仕事をまわしてもらうって約束で」

「なるほど。そういうことかい」

いちど仕事をまわしてもらっただけでも、かなりの稼ぎになる。

「あっしが言うのも何だけど、五国屋ってのはかなりの悪党でやすよ」

「ふうん」

「いくら旦那でも、触れたら火傷《やけど》するかもしれねえ」

「ほう、おれを脅す気か」

「と、とんでもねえ。ほんとうのことを言ったまでで。何せ、五国屋は四十二万石の御用達《ごようたし》なんでさあ」

「四十二万石ってのは、ひょっとして、広島藩のことか」

「ご明察」

広島藩の財政を牛耳《ぎゅうじ》るのは、ひと握りの御用商人たちだ。

それはよく知られたはなしで、五国屋は老舗《しにせ》ではないが、諸品方参与《しょしなかたさんよ》として絶大な権限を握る御用商人のひとりらしかった。

「ふへへ、五国屋利右衛門にしてみりゃ、あっしなんざ鼻糞《はなくそ》みてえなもんでやすよ。ねえ、旦那」

半四郎は何もこたえず、ごくっと唾を吞む。

相手は予想以上の大物だ。

下手《へた》をすれば、こっちの首が飛ぶ。

それにしても、なぜ、大藩の御用商人ともあろう者が、町火消しの頭に脅しをかけるのか。なると組との関わりを疑わざるを得ない。

「わからねえ」

半四郎は、首をかしげた。

火除地で見つかった目玉のない屍骸をおもいだす。

住人さえも迷子になる番町の迷路を歩いている気分だった。

六

半四郎は虎之介や仙三と別れ、下谷広小路の裏手にある、る組の頭の家へ見舞いにいった。

さいわい、致命傷となるような傷は負っておらず、おもったよりも元気そうなので安堵《あんど》し、あらためて襲われた理由を尋ねてみた。すると、頭はやはり、素行のわるいなると組との小競りあいしか、おもいあたる節はないという。

還暦《かんれき》を過ぎた頭に「無理をするなよ」と言いのこし、半四郎は夕餉《ゆうげ》の買い出し客で賑わう広小路から御成街道《おなりかいどう》を南へ向かった。

将軍が寛永寺参詣《さんけい》のときに使うだけあって、道幅は広く、よく整備されている。

何気なく横道に逸《そ》れると、大名屋敷のつらなる武家地へ迷いこんだ。

左の手前、片番所付き長屋門《ながやもん》の大名屋敷は、久留里藩黒田家《くるりはんくろだけ》の上屋敷であろうか。石高《こくだか》は広島新田藩と同じ三万石だが、こちらは上総《かずさ》の君津《きみつ》に城を持っている。

藩邸を囲むようにめぐらせた侍長屋は二階建てになっており、目地を漆喰《しっくい》でかまぼこ形に盛りあげた海鼠壁の部分が一階、それより上の白壁部分が二階にあたる。壁の向こうは藩士たちの住まいになっており、二階にあたる白壁には窓が等間隔で横一列に穿《うが》たれてあった。

横長の四角い窓には、いずれも角材を一本だけ横に通してある。

見掛けが『曰《いわく》』の字に似ているので『曰窓《いわくまど》』とも称される窓だ。

平らな道をのんびりとすすみ、ふと、半四郎は足を止めた。

「ん、何だあれは」

曰窓のひとつから、にゅっと二の腕が突きだしている。

久留里藩の勤番侍らしい。

「横着者め」

窓から長い紐を垂らし、笊を吊りあげようとしていた。

塀の下から見上げる笊の持ち主は、菜売りの親爺《おやじ》だ。

勤番侍や中間《ちゅうげん》相手に、飯のおかずになる惣菜《そうざい》を売ってまわる。

笊のなかには、蒟蒻《こんにゃく》や蓮根《れんこん》や牛蒡《ごぼう》の煮染《にし》めなどが笹《ささ》の葉にくるまれて載せてあった。

勤番侍たちは、空腹を満たすために惣菜を買う。

門の外へ出ていくのが面倒なので、臼窓の隙間から紐を垂らし、笊を使って惣菜と銭を交換するのだ。

平屋の多い町人地では、ほとんど見掛けない光景だった。

塀の下に佇む親爺には、臼窓から突きでた腕が見えるだけで、相手の顔すらもわからない。

貧乏侍のなかには銭を払わず、惣菜だけせしめようとする不届きな連中もいることだろう。

案の定、上と下で揉めていた。

「お侍さま、銭が足りやせん。きっちり、お支払いくだせえ」

菜売りの親爺が半泣きして叫ぶすがたは、何とも痛々しい。

半四郎はむかっ腹が立ってきた。

大股で近づき、しょぼくれた茄子《なす》のような親爺に声を掛ける。

「おい、どうした」

「あっ、お役人さま」

「困っていることがあんなら、はなしをつけてやろうか」

親切心から言ったにもかかわらず、親爺は怖《お》じ気《け》づいてしまう。

「いいえ、けっこうでございます。十手沙汰にでもしようものなら、この辺りで商いができなくなってしまいます。それだけはご勘弁を」

「そうかい。なら、仕方ねえな」

ぐっと、怒りを呑みこんだ。

こうした理不尽《りふじん》な仕打ちは、日常茶飯事《にちじょうさはんじ》らしい。

「少しでも銭を払ってくれるんなら、まだいいほうでございます。商い仲間のなかにゃ、惣菜を盗まれたばかりか、命まで獲《と》られた者もおりましてね」

「おいおい、聞き捨てならねえな」

「黒田さまのご家来衆ではありません。ずいぶんむかしの出来事になりますが、今でも仲間内では口の端にのぼります」

皺面《しわづら》の親爺は訥々《とつとつ》と語り、とある藩の勤番侍たちの卑劣《ひれつ》な行状を浮き彫りにしてみせた。

「八年前、彦七《ひこしち》という正直者の菜売りが無礼打ちにされたのでございます」

江戸でダンボ風邪《かぜ》が流行《はや》った文政四年、正月七日の出来事だった。

夏に両国広小路《りょうごくひろこうじ》の見世物小屋で珍獣の駱駝《らくだ》を観たので、半四郎もその年のことはよくおぼえている。

当時、彦七は四十手前の働き盛りで、担ぎの菜売りにしておくにはもったいないほどの男振りだった。いつものように、煮染めを入れた笊を天秤棒《てんびんぼう》に担いで屋敷町を流していると、臼窓の奥から「煮染めを売ってくれ」と声を掛けられた。

「ところが、笊に入れて惣菜を渡したにもかかわらず、一銭も払ってもらえません。彦七は意地を張り、海鼠壁の下で四半刻（三十分）ほど粘っていたそうです」

しばらくすると、馬方らしき若侍が白馬《はくば》の轡《くつわ》を曳いてやってきた。

あとでわかったはなしだが、それは厄除《やくよ》けの神馬《しんめ》であった。

毎年正月七日は、この藩邸内では宮中の行事をまねた白馬《あおうま》の節会《せちえ》が催される。

その際にお披露目《ひろめ》される神馬を、若侍が曳いてきたのだ。

「彦七は頭が混乱していたのか、通りかかった若侍に近づき、勤番侍たちの行状を訴えました。若侍はじっと耳をかたむけておりましたが、突如、狂喜し嗤《わら》いあげ、白馬を駆りたてたのだそうです」

彦七は跳ねた馬の後ろ足に蹴られ、道端の溝《みぞ》に落ちた。

ところが、若侍は助けようともせず、白馬ともども藩邸内に消えた。

それと入れ替わるように、惣菜を奪った勤番侍たちが興奮した面持ちで飛びだしてきた。

「四、五人はいたとか」

勤番侍たちは、瀕死《ひんし》の重傷を負った彦七を溝から引きずりだし、口々に「無礼打ちじゃ」と叫びながら、嬲《なぶ》り殺しにしてしまった。

「まことかよ」

「はい」

凄惨な顚末《てんまつ》の一部始終を、仲間の菜売りが物陰から眺めていたのだ。

菜売りの仲間たちはその日のうちに「恐れながら」と町奉行所に訴えでたが、門前払いにされたらしい。

彦七は変わりはてたすがたとなり、病弱な妻と幼い姉妹の待つ裏長屋へ帰ってきた。近所の者たちは仲間の菜売りから事情を聞いていたので、同情を禁じ得ず、あらためて町奉行所へ出向いたものの、訴えが取りあげられることはなかった。

藩の説明では、藩主に御目見得《おめみえ》させる神馬を穢《けが》した罪により、彦七は成敗《せいばい》されたということだった。

もちろん、それは事実に反する。

勤番侍たちの行状は、表沙汰にされなかった。

藩からは一片の温情も掛けられず、彦七は恨みを抱えたまま荼毘《だび》に付された。

「ひでえはなしだ」

半四郎は渋い顔になり、溜息を吐いた。

「それで、彦七はどの藩の連中に殺《や》られたんだ」

「芸州《げいしゅう》広島藩、霞ヶ関の上屋敷で起こった出来事にござります」

「何だって」

半四郎はことばを失い、菜売りの皺顔を睨《にら》みつける。

親爺の手には、空の笊が握られていた。

――ひょっとしたら、笊のことかもしれやせんよ。

蓮見舟の船頭が言った台詞《せりふ》が、忽然《こつぜん》と蘇《よみがえ》ってくる。

「それか」

殺められたなると組の侍たちが抱えていた木彫りの猿はやはり神馬の眷属《けんぞく》、白馬の節会に使われた神馬を想起させた。

それだけではない。

塀の下と臼窓とを行き来する笊のことをも、意味するのではあるまいか。

嬲り殺しにされた菜売りの恨みは、商売道具の笊で表わされている。

これは天啓《てんけい》かもしれないと、半四郎はおもった。

一連の侍殺しは、彦七という菜売りの怨念《おんねん》が呼びこんだのかもしれない。

ともあれ、詳しく調べてみなければなるまい。

親爺によれば、彦七の遺族は、八年前まで下谷車坂町《くるまざかちょう》のどぶ店《だな》に住んでいたらしかった。

おそらく、もう、縁者は住んでおるまい。

「駄目元《だめもと》で行ってみるか」

半四郎は親爺に礼を言い、海鼠塀に囲まれた乾いた道を戻りはじめた。

七

下谷車坂町のどぶ店は、寺に囲まれたなかにある。

東に少し歩き、新堀《しんぼり》に架かる菊屋橋《きくやばし》を渡れば東本願寺《ひがしほんがんじ》にいたり、さらに東へ進めば浅草寺《せんそうじ》の雷門《かみなりもん》にたどりつく。

どぶ店は俗称どおり、どぶ臭い貧乏長屋が何棟も集まったところで、半四郎は古くから長屋のいくつかを任されている大家を知っていた。

名を、喜平《きへい》という。

店子《たなこ》をだいじにする好々爺《こうこうや》だが、銭勘定にはこまかい。

こまかすぎる性分が災いし、三人の女房に逃げられた。

朽ちかけた木戸の左脇に、下谷浅草十番組の印半纏《しるしばんてん》を吊るした自身番《じしんばん》がある。

半四郎が騒々しく踏みこんでも、喜平は死んだ鮪《まぐろ》のように眠っていた。

「おい、爺さん。生きてんのか」

ふっと目を醒ました喜平は、半四郎をみて口をもごつかせる。

慌てて柘植《つげ》の入れ歯を拾ってはめ、にっと笑ってみせた。

「これは八尾さま、驚かさないでくださいよ」

「地獄の閻魔《えんま》とまちげえたか。へへ、今日はおめえに聞きてえことがあってな」

「厄介事で」

「てえしたことじゃねえ。ちょいと古いはなしだ」

「古いって、どのくらい」

「八年前さ」

喜平は薄く笑い、長火鉢にしつらえた五徳《ごとく》のうえに薬罐《やかん》を置いた。

「近頃は物忘れがひどくていけません。昨日の晩に何を食ったのかも、正直、おぼえておりませんでな」

「むかしのはなしは、不思議とおぼえているものさ」

「なるほど、そうかもしれません」

「知りてえのは、菜売りの彦七ってやつのことだ」

「菜屋の彦七。はて」

喜平は沸《わ》いた湯を急須《きゅうす》に注ぎ、茶を淹《い》れてくれた。

「お、すまねえ」

半四郎はずるっと茶を啜《すす》り、湯気といっしょにことばを吐きだす。

「浅野家の勤番侍から、鱠《なます》に刻まれた菜売りのことさ」

「あっ、それなら存じております」

「ほんとうか」

「ええ。うちの店子じゃありませんがね、無残なほとけが戸板で運ばれてきたのを、昨日のことのようにおぼえておりますよ」

「そうかい」

「幼い姉妹が泣きじゃくっておりましたっけ。わたしもつい、貰い泣きしちまって」

半四郎は、ぐっと身を乗りだす。

「女房と娘たちはどうなった」

「しばらくは、どぶ店に住んでおりましたが、店賃のほうが滞《とどこお》るようになりましてね。病気がちのかみさんは辻に立ち、身を売るようになっちまった。姉は九つ、妹は八つ、仲の良い年子の姉妹でしてね、女郎屋の下働きをしていたようですが、半年ほど経って夜逃げ同然にいなくなりました」

それから一年ほど経ったころ、店子のひとりが竜閑橋《りゅうかんばし》のたもとで物乞《ものご》いをしている姉妹を見掛けた。

「母親はすでに亡くなっており、痩せほそった姉妹は身を寄せあうように震えていたそうです。わたしはそのはなしを聞いて居ても立ってもいられず、急いで竜閑橋へ向かいました。でも、姉妹はどこかへ去ったあとでした。それから、すがたを見た者はおりません」

喜平は最後に、姉妹の名を教えてくれた。

「姉はおこま、妹はおくずと申します。生きておれば、十七と十六になっておりましょう」

「妹は、おくずというのか」

半四郎は、のどの渇きをおぼえた。

喜平のはなしを聞くまでは、半信半疑だった。

だが、父親を嬲り殺された娘のひとりは、湯島のふぐ店から行方知れずとなった女郎のおくずにちがいない。

おくずは岡場所に沈むまで、鳥追で生計《たつき》を立てていた。

鳥追はたいてい、ふたりひと組で門付けをする。

もうひとりの相方は、姉のおこまかもしれないと、半四郎はおもった。

姉妹は父親の仇《かたき》を見つけだし、八年越しの恨みを晴らそうとしているのだ。

きっと、そうにちがいない。

半四郎は、重い荷を背負いこんだ気分になった。

このまま調べを進めれば、やがては真相に行きあたるだろう。

真相をあばいたあかつきには、裁きたくない者を裁くことになるかもしれない。

殺した相手がどれほどの卑劣漢《ひれつかん》でも、侍殺しは大罪なのだ。

十手を預かる者としては、見逃すわけにいかなかった。

――縄を打つときは、心を鬼にせよ。

伯父の半兵衛に教わったことばが、頭のなかをぐるぐるまわりはじめる。

「くそっ」

厄介事に関わってしまったことが、今さらながらに悔やまれてならない。

八年前の出来事をおもいだし、さめざめと涙を流す喜平に礼を言い、半四郎はどぶ店をあとにした。

八

広島新田藩の上屋敷は、北青山の善光寺《ぜんこうじ》と隣り合わせていた。

目青不動《めあおふどう》で知られる教学院《きょうがくいん》や盂蘭盆《うらぼん》に星燈籠《ほしどうろう》を灯す青山百人町《ひやくにんちょう》も近く、本藩である広島藩の下屋敷とも敷地の一部が接している。本藩の表には渋谷川《しぶやがわ》が流れ、川の周辺には隠田《かくしだ》と称する田圃《たんぼ》がひろがっていた。

広島藩のような大藩は、無嫡子による廃絶を避けるべく、新たに開墾《かいこん》した田を分家に与えて立藩させていた。いざというときの後継者を担保する目的で、支藩をもうけておくのだ。

ただ、国許に領地を与えず、本藩の定めた石高だけ支払うやり方は、きわめてめずらしい。新田藩がまさにそれで、藩主は代々江戸に在府し、青山浅野家などと称されていた。

成立当初から影武者のような宿命を帯びている以上、新田藩に陽があたらないのは致し方のないことだ。

藩士たちの気風にも、どことなく達観したような、ひねこびたものが感じられる。

事実、本藩で失態をおかした者たちの捨て先なのだという噂もあった。

なると組のごとき非道な輩《やから》も、出るべくして出てきたのかもしれない。

半四郎は物陰に隠れ、そうした考えをめぐらせながら、新田藩の表門を見張りつづけた。

久留里藩の長屋門で目にした光景が、鮮やかに浮かんでくる。

海鼠壁上方の白壁をみれば、臼窓がちゃんと穿たれてあった。

八年前、哀れな菜売りが嬲り殺しにされたのは、ここではない。

四十二万石を誇る本藩が豪壮な屋敷を構える霞ヶ関のほうだ。

菜売りの彦七が命を落とすきっかけをつくったのは、白馬の轡を曳いてあらわれた若侍だった。それが誰なのかも、彦七をからかい半分に殺めた連中の素姓についても、八年経った今となっては探りだすのが難しい。

凄惨な出来事を隠蔽《いんぺい》するために、藩のほうで凶事に関わった者たちを隠密裡《おんみつり》に処分したとも考えられる。

もしかしたら、支藩の新田藩へ体《てい》よく追っぱらったのではあるまいか。

左遷《させん》されて徒党を組むようになった者たちは、みずからをなると組と呼んで、江戸の随所で乱暴狼藉をはたらきだした。

傾奇者《かぶきもの》を気取ることができるのも、出世の芽がないとわかっていたからだ。

死んだ菜売りの娘たちは、何かのきっかけで卑劣な連中の正体を知った。

知った以上、生かしてはおけない。

長年抱きつづけた恨みを晴らすべく、周到な仕掛けをほどこしたのだ。

それはあながち、外れてはおるまい。
半四郎は頭で勝手に筋を描きながら、周囲に目をくばった。
姉妹は自分と同様、物陰から仇の様子を窺っているのかもしれない。
そんな気がした。
「おらぬか」
怪しい人影もなければ、人の気配も感じられなかった。
こうなったら何としてでも、おくずを見つけださねばならぬ。
もし、侍殺しをつづけるつもりなら、莫迦《ばか》なまねはやめろと諭《さと》すのだ。
いや、諭すことなどできようか。
もはや、おくずたちは一線を越えている。
今、横から割りこみ、志を折ることがはたして、正義と言えるのか。
「くそっ」
半四郎は臼窓を睨みつけ、自問自答を繰りかえす。
陽光は西にかたむきかけていた。
開けはなたれた正門から、傾奇《かぶ》いた風体《ふうてい》の侍が飛びだしてくる。
ふたりだ。

半四郎は懐中に手を入れ、火消しに描かせた人相書を取りだした。

「まちがいねえな」

大将の山崎栄蔵と、副将の金巻才蔵だ。

仲間が殺されたことなど、どこ吹く風と、肩で風を切りながら闊歩《かっぽ》しはじめる。

半四郎は一定の間合いを保ちつつ、ふたりの背を追いかけた。

山崎は瘦せてひょろ長く、金巻は背は低いが横幅がある。

殺された三人と生きのこっているふたり、合わせて五人でなると組は構成されていた。

すでに、ある程度の調べはついている。

侍たちの齢はいずれも二十六、七。八年前、勤番の若手として臼窓の向こうに控えていてもおかしくない。

一見しただけで、卑劣な連中であることはわかった。

まわりから腫《は》れ物《もの》のようにあつかわれ、ひねこびたまま歳をかさねたのだ。

多くの罪人を見てきた半四郎にはわかる。

やつらは、他人を傷つけることでしか快楽をおぼえない卑劣漢だ。

まちがいない。
そんな連中の命を守る必要はあるのだろうか。
守るのではなく、成敗すべきではないのか。
おくずたちの助っ人になってもいいと、半四郎はおもった。
姉妹の手に余るようなら、この手でやつらを葬ってやる。
山崎たちの背中を追っていると、そんな誘惑にとらわれた。
ふたりは青山大路を横切り、目青不動の山門を潜りぬけた。
境内《けいだい》の裏手にまわり、きょろきょろしだす。
周囲に人影がないのをたしかめ、山崎が指をさした。
指をさしたさきには、痩せ犬が餌《えさ》を求めてうろついている。
金巻がだっと駆けだし、野良犬を追いたてた。
山崎はさきまわりし、見事な手さばきで白刃を抜く。
「きゃん」
虚しい悲鳴とともに、犬の首が飛んだ。
山崎は血振りを済ませ、何事もなかったかのように踵《きびす》を返す。
「ふん、おもしろうもないわ」

低く発し、こちらへ戻ってきた。
やつら、辻斬《つじぎ》りをやる気でいるのか。
半四郎は疑った。
いつのまにか、夕暮れが近づいている。
遠ざかるふたつの人影が、石畳に長く伸びた。
ふたりは山門から外へ出て、原宿村《はらじゅくむら》のほうへ向かう。
踏みしめているのは、田圃の畦道《あぜみち》だ。
渋谷川に通じる笄川《こうがいがわ》に沿ってすすみ、大安寺《だいあんじ》の門前を指呼《しこ》の間《かん》においた。
杏子色《あんずいろ》の夕陽が、遥《はる》か後方の百人町の向こうに沈みかけている。
門前町のほうから、野菜の振り売りがやってきた。
背の曲がった老人だ。
山崎と金巻は足を止め、顔を見合わせてうなずきあう。
ほかに人影はない。
犬を殺したときといっしょだ。
殺る気だなと、半四郎は察した。
夕陽が田圃の彼方に滑りおちる。

振り売りは呑気《のんき》な足取りで、川沿いに近づいてきた。
山崎は、ずらっと白刃を抜く。
「させるか」
半四郎は、猛然と駆けだした。
半町の間合いが、瞬時に縮まる。
「ぬわああ」
吼《ほ》えた。
山崎と金巻が、同時に振りむく。
そのさきで、振り売りも足を止めた。
「逃げろ、逃げろ」
尋常ならざる気配を察し、振り売りは慌てたように逃げていく。
山崎は白刃を納めようともせず、三白眼《さんぱくがん》でこちらを睨みつけた。
金巻も柄《つか》に手を添え、道端のほうへ後退《あとずさ》る。
獲物を逃した口惜しさが、ふたりの顔にありありと浮かんでいた。
半四郎は走るのを止《と》め、呼吸を整えながら歩をすすめる。
刀を抜きたい衝動を抑え、背帯の十手に手を伸ばした。

「ふん、不浄役人が何の用だ」

山崎が疳高《かんだか》い声で叫《つ》んだ。

「さては、わしらを尾けてきたな」

勘が鋭い。

しかも、剣の力量には自信を持っている。

半四郎は歩きつつ、裾を斜めに捲りあげた。

「てめえら、辻斬りは許さねえぜ」

「何のことやら、わからぬな」

「しらを切るな。目青不動の境内で、野良犬を斬ったであろう」

「野良犬を斬ると、罪になるのか。ぬはっ、おもしろい」

山崎は白刃を片手持ちで青眼に構え、じりっと躙《にじ》りよる。

「おぬしの首も、犬のようにしてやろうか。ふふ、町方斬りは大罪だが、誰かに見られる恐れもない」

「殺る気か」

「おぬしの狙いを聞いてからな。なにゆえ、わしらを尾けた」

「侍殺しを追っている。殺された三人は、いずれもお仲間だ」

「なるほど、そういうことか」

山崎は肩の力を抜き、素早く納刀してみせる。

「下手人の目星は」

「それを聞いて、どうする」

「教えてくれたら、相応の礼をしよう」

「捜しているのか」

「まあな」

「教えたら、どうする」

「仲間の仇を討つ。あたりまえのことだろうが」

「おぬしらが命を狙われる理由は」

「さあて。いろいろありすぎて、見当もつかぬ。のう、金巻」

「ぬふふ、さようですな」

かたわらの金巻は、油断のない仕種《しぐさ》で身構えている。

こちらも剣客だ。

ひとりは倒せても、ふたりまでは難しい。

半四郎は冷静になり、この場を切りぬける算段を考えた。

「わかった。下手人のことを教えてやってもよい。だが、そいつはまたにしよう」

「ふん、金か。金が欲しいのか」

「それもある。だが、おぬしらが下手に動けば、狙った獲物を逃しかねない」

「なるほど、わしらが邪魔だと申すのか」

ふたりは左右からゆっくりと歩みより、白刃が届くほどのところまで近づいた。

「ふひひ、肝を冷やしたであろう」

山崎は足を止め、さも可笑《おか》しそうに笑いかけてくる。

「おぬし、名は」

「八尾半四郎。南町奉行所の定町廻りだ。逃げも隠れもしねえぜ」

「よかろう。八尾よ、一刻《いっとき》の猶予《ゆうよ》を与えてやる。つぎに会うときは、よいはなしを持ってこい」

「偉そうに言うな。てめえとは今のところ、貸し借りはねえ」

「ぬふふ、おもしろい。わしらはこれから、夜桜見物に行く。つきあわぬか」

「夜桜だと」

「光林寺《こうりんじ》の彼岸桜《ひがんざくら》さ。知らぬのか。名所花暦にも『枝垂《しだ》れたる枝は地につきて滝の落つるがごとし』と紹介された銘木ぞ」

「知らぬわ」

「ふん、風流を解せぬやつ。所詮《しょせん》、不浄役人よな」

半四郎はじっと動かず、殺気が徐々に離れていくのを待った。

「おぼえておけ」

つぎに会うときまで、首を洗って待っていろ。

暮れなずむ田圃道に佇み、半四郎は胸につぶやいた。

九

彼岸過ぎになると、日本橋《にほんばし》の十軒店《じっけんだな》に雛市《ひないち》が立ちはじめる。

市中は活気を帯び、着飾った町娘たちの艶姿《あですがた》も目に眩《まぶ》しい。

だが、半四郎の気持ちはいっこうに晴れない。

おくずは消えたままだし、山崎栄蔵や金巻才蔵は気儘《きまま》な日々を送っている。

ただ、気の滅入ることばかりでもなかった。

五国屋利右衛門の動向を調べていた虎之介が、五国屋と通じている人物の正体を摑んできたのだ。

「山崎典膳《てんぜん》。広島藩の勘定奉行でございます」

「勘定奉行か」

ふたりは雛市の喧噪《けんそう》を逃れ、魚河岸《うおがし》に近い一膳飯屋《いちぜんめしや》の片隅に座っている。

虎之介は丼飯と煮魚を運んできた親爺に礼を言い、半四郎に向きなおった。

「山崎という姓をお聞きになって、何かおもいあたりませんか」

「あっ、まさか」

「そのとおり。なると組を束ねる山崎栄蔵は、山崎典膳の次男でござりました。しかも、栄蔵は馬術に長《た》け、以前は主藩の馬方に任じられていたとか。それが何かの理由で、支藩の新田藩へ左遷されました」

「まことかよ」

半四郎はおもわず、膝を乗りだした。

そこへ、頭の禿《は》げた親爺が燗酒《かんざけ》を運んでくる。

「ま、一杯いこう」

逸《はや》る気持ちを抑え、半四郎は安酒をぐい吞みに注いだ。

「虎之介、山崎栄蔵が左遷されたのはいつだ」

「八年前だそうです」

「やっぱりな」

「同じ年、拠所《よんどころ》ない事情により、若い勤番侍たちが揃って新田藩へ追いやられました。栄蔵の左遷と関わっているのやもしれません」

「その拠所ない事情なら、おれが説いてやろう」

「え、八尾さまが」

「ああ、事の発端は八年前の『無礼打ち』にある」

半四郎は、久留里藩の藩邸前で菜売りの親爺から聞いたはなしをしてやった。

虎之介は飯も食べずに聞き終え、ふうっと溜息を吐く。

「八尾さんの読みどおり、彦七なる菜売りを嬲り殺しにしたのは、新田藩へ左遷された連中でござりましょう。白馬をけしかけた馬方こそ、山崎栄蔵にまちがいありませんね」

「ふむ。神馬をけしかけた事実が判明すれば、栄蔵とて無事では済まぬ。最悪の場合は切腹、そうなれば、山崎家は断絶の憂《う》き目《め》をみたかもしれなかった。そこで、父親の山崎典膳はすべての罪を菜売りになすりつけ、事態の決着をはかったのだ。勤番侍たちのやった行為も不問に付されたが、真相の隠蔽をはかるべく、関わった者たちはみな主藩から追いだされた」

「みずからの立場を守るために、次男坊の尻拭いをしてやったというわけですね」

「おそらく、それは今もつづいている」

たとえば、五国屋を介して、る組の頭に脅しをかけたのも、父親の意向がはたらいていたにちがいないと、半四郎は指摘する。

「五国屋が請け負い、湯島天神下の甚兵衛に汚れ仕事をやらせたのさ。それもこれも、息子可愛さからやったことじゃねえな。自分の身を守るためにやったことだ」

一方、息子の栄蔵にも、どうにかしてもらえるという甘えがあるから、平然と狼藉を繰りかえすことができるのだ。

「病気みてえなものさ。たぶん、死ななきゃ治らねえ」

「剣の腕は立つのでしょう。容易なことでは、死にそうにありませんね」

「まったくだ」

「それでも、菜売りの娘たちは仇討ちをあきらめていないと、八尾さんはお考えなのですか」

「ああ」

虎之介はもうひとつ、気になることを調べてきた。

「そもそも、五国屋は塩問屋だったようです」

五年前、山崎典膳が勘定奉行に昇格した際、それと軌を一《いつ》にするように五国屋は御用達商人に抜擢された。のみならず、藩財政の舵取りを担う諸品方参与にも登用されるなど、いまや、飛ぶ鳥をも落とす勢いだという。

「ところが、五国屋が御用達になった背景には、誹謗中傷《ひぼうちゅうしょう》のたぐいもふくめて黒い噂が絶えません」

なかでも、商売敵だった老舗塩問屋の主人が斬殺された出来事は、五国屋のさしがねではないかと、まことしやかに囁《ささや》かれていた。

「塩問屋の主人は、辻斬りに斬られたと聞きました。ちょうど五年前、五国屋と御用達の座を争っていたときのはなしです」

辻斬りに関して詳しい調べがおこなわれることはなく、五国屋はちゃっかり御用達商人にのしあがった。

「遺された家族にも会って、はなしを聞きました。それは凄惨な死にざまだったそうです」

塩問屋の主人は辻斬りの手で膾《なます》斬《ぎ》りにされていたと聞き、半四郎は彦七の死にざまとかさねあわせた。

「ひょっとして、山崎栄蔵の束ねる無頼の輩が殺しを請け負ったのではあるまいか」

「じつは、わたしもそう考えたのでございます」

無論、今となっては証明する手だてはない。

殺しを請け負ったのが栄蔵たちであったとすれば、父親の典膳が息子を勘当もせずに甘やかしつづける理由もうなずけた。

むしろ、刺客《しかく》として飼っている疑いすらある。

だとすれば、とうてい許すことはできなかった。

「栄蔵は、人殺しを楽しんでいる。おれには、そう見えた」

「卑劣な栄蔵たちを裏で操る連中も、同罪と言えますね」

「そのとおりだ」

「されど、相手は大藩の重臣と狡猾《こうかつ》な御用達。正面からぶつかっても、負けはみえております」

「わかっておるさ」

悪事の根を断つには、山崎典膳や五国屋利右衛門の罪状も白日《はくじつ》のもとに晒《さら》す必要があった。

しかし、それは本来、大目付《おおめつけ》の役目だ。

一介の定町廻りにできることは、かぎられている。

「虎之介、まずは、栄蔵のほうをどうにかせねばなるまい。はなしをひろげすぎると、足許を見失う」

「ご懸念のとおりでござる」

ともあれ、おくずを捜しだすことが先決だ。

半四郎はいっそう、焦《あせ》りを募《つの》らせた。

十

虎之介と別れ、十軒店のほうへまた近づいていった。

賑やかなところへ紛れこみ、憂さを晴らそうとおもったのだ。

大路をすすんでいくと、道のまんなかに棚がしつらえられ、華美な雛人形が数かぎりなく並べられていた。

見物客は行く者と帰る者の二手に分かれ、滔々《とうとう》と流れる川を想起させる。

半四郎は人混みに身をゆだね、誰かに背を押されるように流されていった。

「……菜美」

家で待つ妻の顔をおもいだす。

そういえば、雛祭を楽しみにしていたな。

近頃は、ゆっくりはなしをする暇もなかった。

いや、二年前にいっしょになってから、ずっとそうだ。

何かを振りきるために、半四郎は以前にもまして役目に没頭してきた。

何かとは、雪乃《ゆきの》への恋情だ。そのことはわかっている。

楢林《ならばやし》雪乃。

隠し目付の娘として生まれ、父の手ほどきで武芸百般を仕込まれ、みずからも江戸町奉行の下命で動く隠密となった。

強靭《きょうじん》な剣の力量ゆえか、誰にたいしても勝ち気で芯《しん》の強い女を演じなければならなかった。

雪乃の弱さや悲しみを知っていたのは自分だけだと、半四郎は自負している。

ひと目惚《ぼ》れして恋焦《こいこ》がれ、恋情を打ちあけたが、ついに、気持ちは届かなかった。

雪乃は長らく親しんだ江戸を離れ、今は廻国修行の旅に出ている。
可憐な横顔を未練たらしくおもいだしては、後ろめたい気持ちにさせられた。
おれはもう、所帯《めと》を持ったのだ。
菜美という娘を娶った。
雪乃とくらべて、菜美は甲斐甲斐《かいがい》しい。
夫に尽くすのを当然のことと考え、義母の絹代《きぬよ》にも気に入られている。
十手持ちの嫁にするならば、十人が十人、菜美を選ぶにちがいない。
そうなのだ。
どこの空の下にいるとも知れぬ雪乃の面影など、追ってはならない。
菜美のことを、もっとたいせつにしてやらねば。
半四郎は俯《うつむ》きながら、そんなことを考えていた。
人の流れに逆らい、脇道へ逸れていく。
「旦那、八尾の旦那」
暗がりから、誰かが呼びかけてきた。
のっそりあらわれたのは、湯島天神下の甚兵衛だ。
「何だ、おめえか」

「へい、お久しぶりで」

獅子っ鼻をひくつかせ、甚兵衛は顔を近づけてくる。

「旦那に会いてえって方がおられやす。ちょいとそこまで、いらしていただけやせんかね」

いったい、誰なのだろう。

半四郎は問いかえしもせず、黙って甚兵衛の背にしたがった。


連れていかれたさきは、銀座《ぎんざ》の『色川《いろかわ》』という一流料理屋の宴席だった。

昼の日中から盃をあげているのは、五国屋利右衛門にほかならない。

「じゃ、あっしはこれで」

使い走りの甚兵衛は、部屋の手前でいなくなる。

襖障子《ふすましょうじ》をひらくと、小狡《こずる》そうな狐顔の商人に出迎えられた。

「これはこれは、よくぞお越しくださされました」

五国屋だ。

半四郎を出迎えるなり、上座のほうへ導いていく。

上座には、すでに偉そうな老侍が脇息《きょうそく》にもたれて、盃を舐めていた。

山崎典膳だ。

広島藩四十二万石の勘定奉行が、親しげにはなしかけてくる。

「八尾半四郎どのと申されたな」

丁寧《ていねい》な口調で名を呼ばれ、半四郎はうなずいた。

「まあ、一献《いっこん》」

「は」

空の杯を手にして差しだすと、山崎典膳らしき老侍は膝を寄せてくる。

合点がいった。

狼藉者の次男坊から、うるさい役人をどうにかしてほしいと、泣きを入れられたのだろう。

半四郎は表情も変えず、ひと息で盃を干した。

「のほほ、良い呑みっぷりじゃ。わしのことは察しがついておろう」

「山崎典膳さまで」

「いかにも。なぜ、貴殿に来てもらったか、おわかりか」

「さあ」

「ふふ、食えぬ男のようじゃな。下手人の目星はついておるのか」

「と、仰いますと」

「支藩の勤番侍どもが、今年にはいってから三人も不審な死を遂《と》げておる。貴殿が下手人の探索をおこなっていると聞いてな」

「いかにも、さようにござります。殺められた三人は、いずれもなると組なる無頼の集まりに属する者たち。そのなると組を束ねる組頭こそ、山崎さまのご子息にあらせられる」

「知っておったか。ならば、はなしは早い。下手人のことを教えてほしい」

「お教えしましたら、いかがなされますか。草の根を分けてでも下手人を捜しだし、刺客を差しむけて闇に葬りますか」

「ふふ、どうするかは、こっちの勝手じゃ」

典膳が顎《あご》をしゃくると、斜め後ろから五国屋が躙りよってきた。

半四郎の小脇に三方《さんぼう》を滑らせ、これでもかと言わんばかりに、紫の袱紗《ふくさ》を取りはらってみせる。

「五十両ある」

典膳が呻《うめ》くように言った。

「どうじゃ。不浄役人ずれが四十二万石の勘定奉行から袖の下を貰いうけることなど、死ぬまであり得ぬことぞ」

「さようでしょうな」

典膳の白い片眉が、ぴくっと動く。

「五十両では不満か」

「いいえ」

「されば、下手人の素姓を教えよ」

「お断りいたす」

「なにっ」

典膳は地金《じがね》を晒し、鬼の形相《ぎょうそう》で睨みつける。

すかさず、五国屋が割ってはいった。

「まあまあ、さように固くお考えあそばされますな」

半四郎は酌をされ、黙って盃をかたむける。

典膳も怒りを引っこめて、皺顔に笑いを貼りつけた。

「金でないとすれば、何であろうな」

「意地でござる」

「意地とは」

「不浄役人ずれにも、糞意地がございます。下手人を捕まえ、手柄を立てねばなりませぬ」

「なるほど、それもそうじゃ」

半四郎は機転を利かせて、口からでまかせを述べる。

「拙者の手柄を奪わぬとお約束いただけるなら、下手人のことをお教えしましょう」

「わかった。約束しよう」

「それともうひとつ、お聞かせ願いたきことがござる」

「何じゃ、まだあるのか」

「はい。何ゆえ、御前《ごぜん》は不逞《ふてい》なご子息を守ろうとなされる。栄蔵どのは叩けばいくらでも埃《ほこり》の出る身、目付筋が本気で調べれば重罰に値する悪行も露見しかねませぬ。それをことごとく、父親のあなたはお潰しになろうとされる。その理由が、今ひとつわかりませぬ」

「子をおもう親心さ」

「そうとはおもえませぬな。子をおもう親なら、疾《と》うに腹を切らせておりましょう」

「むふふ、おぬしは何じゃとおもう」

「敢えて申せば、あなたさまと栄蔵どのは一心同体なのではござらぬか」

「笑止な。あのような放蕩者《ほうとうもの》と、わしが一心同体じゃと」

「いかにも」

「なぜじゃ」

「あなたさまはみずからの地位を守るべく、ご子息に汚れ役を負わせてきました。そのせいで、栄蔵どのは心身に支障《ししよう》をきたすようになった、と拙者は見ております」

「さような戯《ざ》れ言《ごと》、わしがみとめるとおもうか」

「素直に、おみとめなされませ。さすれば、拙者はあなたさまのお味方。この五十両も頂戴《ちようだい》いたしとう存じます」

半四郎はよどみなく言いきり、かたわらの三方から帯封のなされた小判の包みを鷲摑《わしづか》みにする。

典膳はしばし呆気《あつけ》にとられ、くかかかと、仰《の》け反《ぞ》りながら哄笑《こうしよう》してみせた。

「わかった。みとめてつかわす。栄蔵は生来、けだものじみた気性をしておってな、あやつを生かしておるのは、おぬしの申すとおり、刺客として飼っておくためよ。あやつ、人斬りに関しては天賦《てんぷ》の才を備えておる。政敵の多いわしにとっては、文字どおり、欠かせぬ懐刀《ふところがたな》なのじゃ」

悪党めと内心で叫びつつも、半四郎は怒りを抑えこんだ。

「さあ、おぬしは今から、わしの密偵じゃ。それでよいのだな」

「かしこまりました。されば、下手人の素姓をお教えいたしましょう」

典膳と五国屋は、ぐっと身を乗りだしてくる。

「そやつは、名を天童猿之介《てんどうさるのすけ》と申します。食い詰め浪人とは申せ、会津真天流の手練《てだれ》ゆえ、容易な相手ではございませぬ」

典膳は、ほっと安堵の息を吐いた。

「じつは、公儀隠密の仕業ではあるまいかと、疑っておったのじゃ」

「公儀隠密は、理由もなく陪臣を殺めたりはいたしませぬ。それとも、何か公儀に知られてはまずいことでもおありか」

「おぬしとは関わりのないことじゃ」

どうせ、抜け荷か何かで、したたま儲《もう》けているのだろう。

「その天童なる者の所在は」

「探索中にございます」

「何ゆえ、栄蔵たちの命を狙うのじゃ」

「師走に市中の居酒屋で、派手な喧嘩沙汰がござりました。そのとき、ご子息たちと揉めた相手が天童猿之介。多勢に無勢ゆえ、半殺しの目に遭《あ》わされ、異常なほどの恨みを抱いておりました。おそらく、そのときの恨みを晴らすためではないかと」

「つまらぬ理由じゃ。何ゆえ、そやつを下手人と見定めたのか」

「木彫りの猿にござる」

「何じゃと」

殺された三人の懐中から木彫りの猿と葛の葉が見つかったはなしをすると、典膳は今ひとつ納得がいかないようでありながらも、じっくりうなずいた。

「猿之介の猿で、猿の恨みというわけか。みずからの素姓を窺わせるような証拠を残すとはな。ふん、味なまねをしよる」

「それだけ、恨みが深いのでござりましょう。拙者はひきつづき、天童の探索をつづけねばなりません」

典膳は思案しながら、気軽な調子で言った。

「そやつ、真の狙いは栄蔵であろう。ならば、栄蔵を囮《おとり》に使う手もあるぞ」

「名案にございます」

半四郎はおもわず、手を叩いていた。

十一

麻布市兵衛町《あざぶいちべえちょう》、女郎屋。

四人目の獲物、金巻才蔵が、おしかという娘に入れこんでいるのは確かだ。

おくずには、調べがついている。

近頃は寛永寺内の火消し番屋に詰めることもなく、北青山の藩邸内に居場所を定めており、閑居《かんきょ》すれば耐えがたい色の疼《うず》きに襲われる。ところが、藩邸の近くに淫売所《いんばいじょ》はないので、金巻は少し足を延ばして麻布市兵衛町までやってきた。

このところは三日にあげず通ってくるので、おしかは嬉しい悲鳴をあげていた。

「金払いのいい客だから仕方ないけど、とんでもない腎張《じんば》り（好色）でね、こっちの身がもたないよ」

だったら替わってあげようかと言ったら、あっさりうなずいてくれた。

おくずは鏡台のまえに座り、おしかそっくりに顔を化粧《つく》った。

あとは、色欲にとりつかれた金巻才蔵が訪ねてくるのを待つだけだ。

三番目の古市鉄五郎と同じ手でいくと、姉のおこまに告げられていた。

おこまは今、月代を剃っている。

二筋立釘抜繋《ふたすじだてくぎぬきつな》ぎの印半纏を羽織れば、立派なめ組の若い衆に見えた。

おとっつぁんの仇を討つと決めてから、おこまは女を捨てたのだ。

自分とちがって勝ち気な性分の姉だから、そんなだいそれたまねができたのだと、おくずはおもう。

「わたしは、あんたの情夫に化ける。役人の目を欺《あざむ》くこともできるし、大願《たいがん》成就《じょうじゅ》まではそのほうが何かと都合もいいからね」

おこまはそう言って、にっこり微笑《ほほえ》んだ。

酷な役目は、すべて姉さんにひっかぶってもらった。

自分は仇に近づき、色目を使って誘いこむだけでいい。

おくずはいつも、申し訳ない気持ちでいっぱいになる。

すべては、石毛惣次郎という広島新田藩の火消し侍がふぐ店の客としてあらわれたことからはじまった。

石毛はしたたかに酔い、自分がどうして新田藩で冷や飯を食わされているのかを執拗《しつよう》に語ったのだ。

それは八年前、とある菜売りを嬲《なぶ》り殺しにしたことに起因する。

石毛もふくめてなると組の面々が父親の仇と知り、おくずは仰天《ぎようてん》した。

一方では、この機を逃すものかと考えた。

石毛は今でも悪い夢を見ると言い、木彫りの猿と葛の葉を見せた。

猿は笊、葛の葉は恨みで「笊の恨み」と洒落たのだ。

菜売りには済まないことをしたとおもっている。せめてもの供養《くよう》に、猿を彫ったのだと説き、石毛は八年前にやったことを後悔しているふうでもあった。

だが、許すことなどできようはずもない。

気づいたときには、出刃包丁で石毛の胸を刺していた。

雨のように返り血を浴び、漆黒《しつこく》の闇を裸足《はだし》で駆けぬけた。

別の岡場所で身を売っていた姉のもとへ駆けこんだのを、ぼんやりとおぼえている。

そのときからだ。

「これは神仏のお導きだよ」

と、姉のおこまは言った。

急いで着替えさせられ、いっしょに、ふぐ店まで戻ってくれた。

石毛の屍骸は見つかり、大騒ぎになっていたが、おくずが殺ったとは誰もおもわなかったし、おくずもどうにか耐えつづけた。

その晩、おこまは髪を切ってしまった。

仇の素姓を探るには、男になったほうがやりやすい。

しかも、同業の火消しならば、怪しまれずに近づくこともできよう。

おこまは、芝神明町《しばしんめいちよう》の自身番で見つけた火消し人足の印半纏を盗み、ついでに火消し小屋から鳶口まで盗んできた。

罠《わな》を仕掛けるのに、五日掛かった。

そのあいだ、おくずは怪しまれぬよう、ふぐ店でじっと息をひそめた。

自分が手に掛けた男の血の臭いを嗅ぎ、何度となく吐きそうになったが、死んでも仇を討つという姉と交わした誓いを胸に耐えつづけた。

ふたり目の獲物として選んだ高岡隼人に路上で声を掛け、ことばたくみに誘って麴町の曖昧宿《あいまいやど》へ導いた。

すぐそばは、獣肉屋が軒を並べる平川町。

大食漢の高岡が獣肉屋へ足繁《あししげ》く通っているのを調べたので、あらかじめ網を張っていたのだ。

色目を使ってまんまと誘いだし、曖昧宿の二階で上等な酒を呑ませ、したたかに酔ったところを見はからい、こんどは外へ連れだした。そこへ、印半纏を羽織ったおこまが、こっそり近づいてきた。

道端で小便を弾く高岡の背後に迫り、一片のためらいもなく、鳶口を振りおろした。おくずは目を背《そむ》けたが、鳶口は寸分の狂いもなく、獲物の脳天をかち割っていた。

そこから、善國寺谷は近い。

遺体は火除地の芥山に捨てようと、最初からしめしあわせていた。

酷い死にざまを晒させることで、父親への供養になるとおもったのだ。

葬った獲物の懐中に木彫りの猿と葛の葉を忍ばせたのは、罪をかさねることで決断が鈍るのを恐れたからだった。父親が嬲り殺しにされた恨みをけっして忘れまいと、ふたりで誓いあった。その証明《あかし》でもあった。

ふたりを殺めたことで、さすがになると組の面々も警戒しはじめた。

それゆえ、ふぐ店から抜けだし、しばらくは息をひそめねばならなかった。

やがて、ふた月もすると、残った連中は隙を見せるようになった。

三人目に選んだのは、古市鉄五郎という火消し侍だ。

おくずが弁当売りにかこつけて身を売る提重《さげじゅう》となって近づき、懇《ねんご》ろになってから不忍池の水茶屋に誘った。

やはり、酒を呑ませてしたたかに酔わせ、居眠りをしはじめたところへ、おこまが忍びこんできた。そのとき、古市がぱっと目を醒ましたので、咄嗟《とっさ》に正面から抱きついてやった。

阿吽《あうん》の呼吸で、おこまが古市の背後に迫り、三味線糸を太い首に引っかけた。ぎっ、ぎぎっと首の絞まる音を聞きながら、おくずは古市を必死に抱きつづけた。

三味線糸を使ったのは、血を見ずに済むからだ。

水茶屋は、不忍池に面している。

あらかじめ、屍骸は池のまんなかに捨てようと相談していた。

ふたりでどうにか屍骸を運びだし、桟橋に繋いであった蓮見舟で、鏡面のような水面に漕《こ》ぎだした。

遺体の懐中に木彫りの猿と葛の葉を忍ばせ、船縁《ふなべり》から落としたのだ。

いよいよあとふたり、大願成就のときは近づいている。

表口が騒がしくなった。

金巻才蔵がやってきたにちがいない。

横一列に並ぶのは、四六見世《しろくみせ》と呼ぶ穴蔵のような部屋だ。

湯島切通のふぐ店より少しはましかなと、おくずはおもった。

「おしか、おしかはおるか」

金巻は迷わず、部屋に近づいてくる。

いつものように、酒を呑んでいるようだ。

おくずは覚悟をきめ、穴蔵から顔を出した。

「いらっしゃい。お待ちしておりましたよ」

「おう、おしかか、伽《とぎ》をせい」

金巻は肩を抱こうとして、すっと手を引っこめる。

ばれたのか。

「おぬし、おしかではないな」

剣客だけあって、さすがに鋭い。

どきりとしつつも、おくずはさらりと言ってのける。

「わたしはおちよ、おしかちゃんは流行風邪《はやりかぜ》で寝込んじまった。代わりにわたしを買っていただけるんなら、たっぷり慰めてさしあげますよ」

艶《なま》めかしく微笑んでみせると、金巻はずりっと涎《よだれ》を啜りあげた。

「仕方あるまい。ふうん、おちよか。おぬし、おしかにそっくりだな」

「さあ、いらっしゃい」

穴蔵に誘いこみ、おくずは相手のなすがままに身をまかせる。

金巻は存外に淡泊《たんぱく》で、すぐさま妙適《みようてき》（絶頂）に達すると、有明行灯《ありあけあんどん》のそばに支度してあった冷や酒を呑みはじめた。

「ほう、上等な酒ではないか」

「下りものですよ」

「四六見世で、下りものが呑めるとはな」

「だから、今宵《こよい》は特別だって申しあげたでしょう」

おくずはそつのない仕種で酌をし、金巻を酔わせにかかる。

ところが、金巻は酒には強いようで、なかなか酔いきらない。

「ずいぶん、お強いんですね」

「わしは蟒蛇《うわばみ》よ」

「あら」

焦りが募ってきた。

もうすぐ、姉のおこまが忍んでくる手筈《てはず》になっている。

三人目のときと同様、三味線糸で首を絞めて殺し、少し南に下った我善坊谷《がぜんぼうだに》の狭間に捨てるのだ。

もちろん、金巻を料理するのは、こちらで合図を送ってからのはなしだが、これまでとはちがう感じがした。

金巻が手練だということもある。

いずれにしろ、畳に置かれた大小をできるだけ遠ざけておきたかった。

「ちと、眠くなってきた」

金巻がごろりと横になったので、おくずは胸を撫でおろした。

すると、表口のほうから、影のように忍んでくる者がある。

おこまだ。

いつもどおり、火消しの若い衆に化けている。

ふたりは顔を見あわせ、じっくりとうなずいた。

おこまに躊躇《ためらい》はない。

用意した三味線糸を手に取り、片端を鴨居《かもい》に打っておいた釘に引っかけた。

こうしておけば、半分の力で相手の首を絞めることができる。
おこまは足を忍ばせ、無防備な獲物に迫った。
首に糸を引っかけ、二重巻きにする。
金巻の背中に両足をくっつけ、三味線糸を力任せに引っぱった。
「ぐえっ」
目を剝いた金巻の顔が、鬱血《うっけつ》しはじめた。
おくずはおもわず、顔を背ける。
と、そのとき。
びんと音を立てて、鴨居の釘が抜けた。
「あっ」
金巻とおこまが、揉みあうように倒れこむ。
気づいてみると、金巻は朦朧《もうろう》となりながらも、おこまの腰を抱えていた。
「……と、鳶口、鳶口」
おこまが這いつくばり、必死の形相で叫んでいる。
おくずは、三和土《たたき》に転がった鳶口を拾いあげた。
振りかえると、金巻の手に小刀が握られている。

「うわっ、姉さん」

白刃が、おこまの背中に突き立った。

金巻は目から血を流しながらも、右手を何度も上下させる。

おこまはざんばら髪になり、血溜まりのなかに沈んでいった。

「ひぇええ」

おくずは悲鳴をあげ、鳶口を振りおろす。

鋭利な先端が、金巻の脳天に食いこんだ。

血溜まりから、おこまが顔を持ちあげる。

「……に、逃げて……は、早く」

おくずは鳶口から手を放し、だっと穴蔵を飛びだした。

厚化粧の女郎たちが外に飛びだし、客といっしょにおくずたちの様子を窺っている。

誰ひとり、はなしかける者とてない。

おくずは真っ赤に染まった裾をたくしあげ、裸足のまま駆けだした。

「待て、待ちやがれ」

辻のほうから、抱え主の怒鳴り声が聞こえてくる。

おくずは必死に叫びながら、暗澹《あんたん》とした闇に呑みこまれた。

「……い、嫌、嫌ああ」

十二

翌日は、生暖かい雨になった。

「春雨《はるさめ》か。それにしても、ひでえありさまだな」

半四郎は麻布市兵衛町の四六見世まで足を運び、血塗《ちまみ》れの穴蔵を覗いている。

狭い板間のうえには、ふたつの屍骸が折りかさなるように倒れていた。

下にはめ組の印半纏を羽織った火消し、上は脳天に鳶口の刺さった勤番侍だ。

ともに訪れた虎之介が、喋りかけてくる。

「やはり、金巻才蔵のようですね」

「ああ、まちげえねえ」

半四郎は屍骸のそばに近寄り、金巻のからだを摑んで転がした。

俯せになった火消しの顔を持ちあげ、ぎくっとする。

「八尾さん、どうしました」

「こ、こいつは……お、女だぜ」

「えっ」

顔を確かめた虎之介も、驚きながら首をかしげた。

「てっきり、おくずの情夫かとおもっていましたが」

「おこまという姉かもしれねえな」

「なるほど」

「四人目で失敗《しくじ》ったんだ。ほら、三味線の糸を握ってやがる。それに」

と言いながら、半四郎は印半纏の懐中をまさぐった。

取りだしたのは、木彫りの猿だ。

「ほらな。こいつを金巻に抱えさせるつもりが、できなかったってわけさ」

外から、御用聞きの仙三が飛びこんできた。

「八尾さま、逃げた女郎は、おちよという娘だそうです。抱え主によれば、雇ってまだ半月も経っていないとか」

「おちよか。まちげえねえ。そいつは、妹のおくずだ」

仙三の後ろには、抱え主らしき小太りの男と、蒼白な顔をした女郎が立っていた。

「その娘は」

「死んだ侍の馴染《なじ》みで、おしかと言いやす」

「おしかか。ちと、聞きてえことがある」

半四郎は三和土に降り、俯くおしかに声を掛けた。

「金巻才蔵は、よく来ていたのか」

「はい。今年にはいってから三日にあげず、お見えになっていました」

金払いもよく、おしかにとってみれば上客であったという。

その辺りのことを調べたうえで、おくずは市兵衛町へ潜りこんだにちがいない。見ず知らずの男たちに身を任せながら、機会が訪れるのをじっと待ちつづけていたのだ。

「逃げた娘に、替わってほしいと頼まれたのか」

「は、はい。わたし、風邪をひいちまってて、あの娘が代わってくれたんです」

おしかはびくつきながらも、おくずを庇《かば》おうとする。

おやと、半四郎はおもった。

「おめえ、娘の逃げたさきを知らねえか」

「……し、知りません」

「心配《しんぺえ》すんな。おれはな、その娘を助けてえんだ」

「え」

「信じてくれ。おめえだって、心配なんだろう。だったら、知っていることを教えてくれ」

「は、はい」

おしかは遠慮がちに、ぼそぼそ喋りはじめた。

「昨晩のはなしです。死ぬまえに一度でいいから行ってみたいところがあるって、おちよちゃん、わたしに教えてくれました」

「どこだ、そいつは」

「光林寺でございます。離れて暮らす姉さんといっしょに、名所花暦にも紹介された彼岸桜を愛《め》でてみたいって、そう言っていました。光林寺なんて、すぐそこなのに」

おしかはその場に座りこみ、嗚咽《おえつ》を漏らしはじめる。

半四郎は肩を撫でて慰め、血腥《ちなまぐさ》い部屋から逃れでた。

春雨が風に流れ、霧のように吹きつけてくる。

ふと、辻向こうから哀しげな調べが聞こえてきた。

「三味線か」

誘われるように足を向ける。

辻を曲がると、遠くに鳥追の後ろ姿が見えた。

「おい、待て」

呼びかけても、鳥追は気づかない。

さらに辻を曲がり、すがたを消してしまう。

半四郎は裾を持ちあげ、泥を撥ね飛ばしながら駆けた。

おくず、おくずなのか。

胸の裡《うち》で叫びながら、必死に追いすがろうとする。

辻を曲がった。

鳥追はいない。

三味線の音も聞こえてこない。

「八尾さん、どうかしましたか」

虎之介が、後ろから追いついてきた。

「おめえ、三味線の音色を聞かなかったか」

「いいえ」

「そうか、ならいい」

音もなく、雨は降りつづいている。

道に散った梅の花弁が、ほとばしった鮮血に見えた。

――光林寺の彼岸桜さ。知らぬのか。

なぜか、山崎栄蔵の漏らした台詞が頭に浮かんできた。

十三

三日後の深更、その機は訪れた。

半四郎は新田藩に足を運び、山崎栄蔵を誘いだした。

「おぬしから花見に誘われるとはな」

「わるかったか」

「いいや。ちょうどよかった。くさくさしておったところでな。それに、光林寺の彼岸桜なら、毎日でも愛でてやりたい」

愛でてやりたいなどと、およそ、栄蔵の口から出そうな台詞ではなかった。

「無理もあるまい。右腕の金巻才蔵が、あのような死にざまを晒したのだ」

「莫迦なやつさ。酒と女に溺《おぼ》れておるから、ああしたことになる」

「おぬしは、ちがうのか」

「わしは下戸《げこ》でな。しかも、陰間《かげま》好みゆえ、無様な死にざまを晒す心配もない」

「仲間の死が悲しくはないのか」

「ふん、莫迦らしい。やつらは札付きの悪党どもだった。ああした最期が似合っておるわ」

「札付きの悪党にしたのは、おぬしではないか」

「たしかにな。八年前、わしは取るに足りぬ菜売りに殺意を抱いた。必死に憐れみを請うすがたを目にした瞬間、無性に殺してやりたくなったのだ。気づいたら、神馬をけしかけていた。菜売りは馬の後ろ足に蹴られ、宙高く飛んでいきおってな。あのときほど、気分が晴れ晴れとしたことはない」

栄蔵の眸子《まなこ》が、異様な光を宿す。

「わしはそのとき、勤番侍どもの熱い眼差しを感じておった。日窓の向こうから放たれるやつらの狂気じみた眼光が、わしの心の奥底に眠っていた本性を射貫いたのやもしれぬ。わしは門を潜りぬけ、勤番侍どもに向かって叫びかけた。『それ、殺ってしまえ。それ、あやつを嬲り殺しにせよ』とな。やつらは雄叫《おたけ》びをあげ、菜売りに群がっていきおった。何かが弾けたのさ。日窓の内にじっと潜み、判で押したような毎日を送る。そんな暮らしに、飽いていたのかもしれぬ」

何がそうさせたのかはわからぬが、一気に膨らんだ狂気がその瞬間に弾けたのだ。

「そのときから、わしはやつらの神馬となった。ほれ」

栄蔵は袖に手を突っこみ、木彫りの猿を取りだした。

半四郎は、はっとする。

「それは」

「わしが彫ったのよ。暇潰《ひまつぶ》しにしては、よい出来であろうが」

「殺められた者たちの懐中から見つかったものと同じだ」

「さよう。ひとり目の石毛惣次郎には、この猿を見せてやった。石毛は喜んで、自分でも彫ってみたいと言った」

石毛の懐中から見つかった木彫りの猿は、自分の手で彫ったものにちがいなかった。

「下手人がそれを見つけ、ふたり目の高岡からは、ふざけたまねをしはじめたのだ。くそっ、神馬のわしを虚仮《こけ》にしおって」

激昂する栄蔵を、半四郎は睨みつける。

「おぬしは、八年前にやったことで支藩へ飛ばされた」

「さよう。転落の一途をたどることになったが、後悔などしておらぬ」

「父親の刺客になりはてても、後悔はせぬと」

「わしは、刺客なんぞではない。好きで人斬りをやっておるのだ」

「ほう、人斬りをみとめたな」

「ふん、それがどうした。不浄役人め。おぬしこそ欲をかいて、わが父の腰巾《こしぎん》着《ちゃく》になりさがったのであろうが。あの五国屋のように」

狂気を宿した眼差しで凄《すご》まれても、半四郎は怯《ひる》まない。

「ふふ、おぬしは父の指図がなければ何もできぬ。ただの甘ったれさ。いずれ父に捨てられるとも知らず、汚れ役を演じつづけている哀れな男だ」

「おぬし、何を言っておる」

「おれはな、おめえの父親と取り引きをした。五百両くれたら、すべての罪に目を瞑《つむ》る。ただし、手柄だけは立てさせてもらうとな」

「手柄だと」

「そうだ。一連の侍殺しの下手人に仕立てあげさせてほしいと頼んだのさ。つまり、息子のおめえに縄を打つ約束を取りつけたのよ」

「莫迦な。意味がわからぬ。五国屋から聞いたぞ。下手人は天童猿之介とか申す食い詰め者であろうが。おぬしは、そやつを見つけだし、獄門台《ごくもんだい》に送ってやればそれでいい。それだけのはなしではないか」

「天童猿之介は、大目付の隠密だ」

「何だと」

「ただし、やつは転んだ。おぬしの父親と五国屋が結託してやった抜け荷も、横領も、証拠を摑んでおきながら不問に付すと約束した。そして、転んだことの証し立てに、おぬしの仲間をひとりずつ葬っていった」

「莫迦な。戯れ言を抜かすな」

「戯れ言ではない。金巻才蔵を殺めて死んだ女も、天童の配下であることがわかった。そうでなければ、火消しなんぞに化けてはおるまい。つまり、殺しの黒幕は、おぬしの父親だったというはなしさ」

「嘘だ」

栄蔵は混乱し、頭を抱える。

半四郎は、たたみかけた。

「今のところ、天童の正体を知る役人は、おれだけだ。それを秘密にする代わりに、腰巾着の五国屋から五百両を頂戴する。ふふ、安いものだろうが」

「くそっ、わしは信じぬぞ」

栄蔵はぱっと身を離し、腰の刀に手を掛ける。

「信じる信じないは、おぬしの勝手だ。ふふ、彼岸桜の下に行けば、真偽はわかる。誘いだせと命じたのは、ほかならぬ、おぬしの父親なのだからな」

「何だと」

「さっきも申したであろう。おぬしは捨てられる」

「なぜ、なぜ、わしが……」

「わからぬのか。秘密を知りすぎた危《あや》うい男だからさ。山崎典膳は、おぬしをわが子だとはおもっておらぬ。おぬしは、人斬りの道具にすぎぬのだ。ゆえに、要《い》らなくなったら捨てる。闇から闇へ葬ろうとするのも必定だ」

「くそっ、なぜだ。なぜ、教える。そんなことを、なぜ、おぬしは教えるのだ」

「死にゆく者へのはなむけさ。おぬしのような悪党を、簡単に死なせたくはない。せいぜい、死の恐怖を味わうがいい」

栄蔵の目が座った。

「ぬふふ、わしが死を恐がると申すのか。誰であろうと、わしを斬ることはできぬ」

「ほう、たいした自信だな。おれはてっきり、尻尾《しっぽ》を巻いて逃げだすとおもったぜ」

「笑わせるな。行ってやる。おぬしのぬかしたことの真偽を確かめてやる」

「もし、おれの言ったことが真実なら、どうするつもりだ」

「裏切り者は斬る。たとい、それが父であろうとな」

「ならば、まいろう」

半四郎は嘘を吐いて煽《あお》りつつも、一抹《いちまつ》の気後れを感じていた。

熟慮したすえに考えついた窮余の策であったが、このような策に十手持ちの正義はない。

「さあ、着いたぞ」

ふたりで肩を並べ、光林寺の山門を潜りぬける。

彼岸桜の下に父親のすがたを見つけたとき、山崎栄蔵は全身から凄まじい殺気を放った。

十四

月が煌々《こうこう》と輝いている。

山崎典膳のかたわらには、五国屋利右衛門が控えていた。

ふたりとも呑気に笑っているものの、これから身に降りかかろうとしていることをわかっていない。

典膳に神輿《みこし》をあげさせるのには苦心したが、大目付に不穏な動きがあるので花見でもしながら伝えたいと申し出たら、あっさり承諾してくれた。

もちろん、栄蔵を誘うことも伝えてある。

そして、三人のほかに、あとふたりの人物があらわれる手筈になっていたが、それは三人の知る由《よし》もないことだった。

「おう、栄蔵。久方ぶりじゃな」

典膳は親しげにはなしかけ、屈託《くったく》のない笑みを向けてくる。

栄蔵は怒りを抑えこみ、丁寧にお辞儀をしてみせた。

「どうした。顔色が優れぬようじゃが」

「さようですか」

「金巻才蔵があのようなことになり、おぬしも鬱々《うつうつ》としておったところであろう。なるほど、そのようなときは、外に繰りだして花見をするのが一番じゃ。不浄役人も粋なはからいをしてくれた。ほれ、みよ。光林寺の彼岸桜は今が盛り、わしも何年かぶりで目の保養をさせてもろうたわ」

桜を振りあおぐ父のそばに、栄蔵は一歩近づいた。

「父上、お尋ねしたきことがございます」

「何じゃ、あらたまって」

「拙者を裏切る所存では」

「ん、何を申す」

「しかとご返答いただきたい。裏切る所存、あるやなしや」

「莫迦者、わしが子のおぬしを裏切るはずもなかろう」

「さようですか」

栄蔵はほっと溜息を吐き、少し離れて控える半四郎を睨みつけた。

半四郎は平然と目を逸らし、典膳のほうへ顔を向けた。

さりげなく、うなずいてみせる。

典膳は不審を抱きつつも、黙って応じるしかない。

栄蔵が、おやっという顔になる。

と、そのとき。

山門のほうから、人影がひとつ近づいてきた。

ここぞとばかりに、半四郎が典膳に報告する。

「殿、参上いたしましたぞ。天童猿之介にござります」

「何っ」

典膳と五国屋、それに栄蔵の三人が惚《ほう》けたような顔になる。

無論、天童猿之介とは、虎之介のことだ。

さっと股立《ももだち》を取り、まっしぐらに駆けよせてくる。

十間まで近づいて足を止め、凜然《りんぜん》と口上を発してみせた。

「山崎栄蔵、尋常に勝負いたせ」

栄蔵は動揺を抑えきれない。

「……な、なにゆえ、わしを斬るのだ」

「理由は、そちらの御仁に聞け」

指をさされた典膳は、まともに応じることもできない。

父親のうろたえるすがたは、息子の怒りに火をつけた。

「おのれ、典膳」

栄蔵は喚《わめ》きあげ、白刃を抜きはなつ。

素早く歩みより、逃げようとする五国屋の背中に斬りつけた。

「ひぇっ」

五国屋は俯せになり、すぐに動かなくなる。

「……ま、待て。待ってくれ、栄蔵」

命乞いする父親の様子に、栄蔵は我を忘れた。

「ぬわあぁ」

刀を大上段に構え、猛然と振りおろす。

「ぬげっ」

袈裟懸《けさが》けに断たれた典膳は、血を撒き散らしながら這いつくばった。

そして、彼岸桜の根元へ躙りより、目を瞠《みは》ったまま、こときれてしまった。

半四郎が、鬼と化した栄蔵に声を掛ける。

「わかったろう。おぬしは、捨てられる運命にあったのだ」

振りむいた栄蔵は、涙目で半四郎を睨みつけた。

もはや、制御の利かない乱心者と化している。

そのとき、山門のほうから三味線の悲しげな調べが聞こえてきた。

栄蔵は、はっとする。

何度か、耳にしたことがあるのだ。

「物悲しい調べじゃねえか、なあ」

半四郎は、どすの利いた声で語りかける。

「おめえが人の道を外れることになったきっかけは、八年前の無残な出来事だった。あの鳥追はな、嬲り殺しにされた菜売りの娘さ」

「えっ」

「驚いたか。八年越しの恨みを晴らすべく、今日まで必死に生きてきた。仇はぜんぶで五人、おめえが最後のひとりだ」

「ふおっ」

栄蔵は、白刃を振りあげた。

「そうはさせねえ」

半四郎は素早く身を寄せ、ずんと沈みこむ。

「うりゃっ」

抜刀した。

下段から、抜き際の一刀を振りあげる。

「ぬげっ」

栄蔵の右腕が、すぱっと断たれた。

白刃を握ったまま、鎌《かま》のように回転しながら飛んでいく。

「おくず、おくず」

半四郎は叫んだ。

おくずは三味線を捨て、脱兎《だっと》のごとく参道を駆けてくる。

「いやああ」

気合いを発し、走る勢いを止めることもなく、正面から栄蔵にぶつかっていった。

どおっと、ふたりは重なりあって倒れこむ。

すぐさま、虎之介が助けにはいった。

「おい、大丈夫か」

おくずの身を、剝がすように抱きよせる。

下になった栄蔵の胸には、深々と出刃包丁が刺さっていた。

半四郎は屈みこみ、出刃包丁の柄を握る。

「……は、謀《はか》ったな」

栄蔵は、ぶっと血を吐いた。

半四郎は何もこたえず、出刃包丁を引きぬく。

鮮血がほとばしり、悪党は血の池に沈んでいった。

おくずは虎之介の胸に抱かれ、子兎《こうさぎ》のように震えている。

「よくやった。おくずよ、おめえは立派に仇を討ったぜ」

今はそれしか、語りかけることばはない。

三人は、惨劇の場となった彼岸桜に背を向けた。

これで、すべてが終わったのだろうか。

半四郎には、よくわからない。

何かをやり遂げたという達成感もなかった。

一昨夜、金巻才蔵の検屍を終えた後、光林寺までやってきた。

そして、月光を浴びる彼岸桜の下で、おくずを見つけたのだ。

血腥い四六見世から逃れたあと、おくずは当て処《ど》もなく歩きまわり、疲れはて、行きついたところが、死ぬまえに一度は愛でてみたいと仲間の女郎に語った彼岸桜の下だった。

おくずは裸足で襤褸布《ぼろぬの》を纏《まと》い、物乞いも同然に見えた。

無論、侍殺しの下手人として縄を打たねばならなかった。

おくずも小銀杏髷《こいちょうまげ》の半四郎に気づき、みずからの悲運を悟ったのだ。

た。
　ところが、半四郎は縄を打つかわりに、おくずの願いを叶えてやろうとおもっ
た。
　おくずののどに引かれた古い刃物傷を目にした途端、気が変わったのかもしれ
ない。
　ふぐ店の女郎は「心中のし損ないかも」と言った。そのはなしをおもいだした
のだ。これ以上、おくずを不幸にしてはならぬと、そうおもった。
　こんなとき、伯父の半兵衛なら、どのような助言をするだろう。
　来し方の教訓をおもいだしても、適切なことばをみつけることはできなかっ
た。
　半四郎はみずからの信念にしたがい、悪党どもに天罰を与えることに決めた。
　おくずを白洲《しらす》に引きずりだすのではなく、名も無い菜売りの姉妹が抱きつづけ
た八年越しの恨みを晴らしてやろうとおもったのだ。
　侍同士の仇討ちはみとめられているが、町人の仇討ちは御法度《ごはっと》だ。
　侍を討てば人殺しとみなされ、極刑に処せられる。
　そもそも、仇討ちの助っ人など、十手を預かる者としては、けっしてやっては
ならない禁じ手だった。

「八尾さん、何ひとつ悩むことはない。これしか方法はなかったのですよ」

虎之介の慰めも、耳にはいってこない。

ただ、止めどなく流れるおくずの涙が、感情のままに人の命を奪ったことの罪を少しだけ浄化してくれるような気がした。

おくずは本懐《ほんかい》を遂げることができたら、姉の遺骨を胸に抱き、諸国行脚の六部《ろくぶ》となって全国六十六箇所の霊場を巡り、法華経《ほけきょう》を奉納したいと、半四郎に希望を告げていた。

それなら、路銀の足しにしてほしいと、五国屋から奪った五十両を渡すつもりだが、厳しい行脚《あんぎゃ》の道中で、おくずは野辺の露と消えてしまうかもしれなかった。

できれば江戸で面倒をみてやりたいが、おくずの意志は固い。

春の風が吹き、参道には彼岸桜の花弁がはらはらと舞いはじめた。

おくずは虎之介に肩を抱かれ、雪と舞う花弁の向こうに遠ざかっていく。

「頼む、強く生きのびてくれ」

半四郎はうなだれ、じっと祈りを捧げる。

悄然《しょうぜん》と佇む廻り同心のすがたが、月影に蒼々《あおあお》と照らしだされた。

土俵の鬼六《おにろく》

一

雛祭の季節になると、天童虎之介は会津桐《あいづきり》でこしらえた里雛《さとびな》をおもいだす。ひそかに恋情を寄せた娘の面影が、高貴な香りとともに蘇ってくるような気がするのだ。

里雛の思い出は捨てさることのできない郷愁をともない、虎之介の心を重くする。二度と戻らぬときめた故郷の山河が瞼《まぶた》の裏に映しだされ、とめどもなく涙が溢《あふ》れてくる。

世話になった大家の善助《ぜんすけ》は、美味《うま》そうに煙草を燻《くゆ》らしながらよく言っていた。

「江戸はほんとうに生きづれえ。でもな、捨てるには惜しいところさ。おれも越《えち》後《ご》の田舎者、出稼ぎでやってきた椋鳥《むくどり》の成れの果てでな、何十年も故郷にゃ帰《けえ》ってねえ。死ぬめえに一度帰ってみてえ気もするが、ま、そいつは無理だろうな」

雛祭が終わると、商家の奉公人がごっそり入れかわる。これを『出代《でが》わり』などと呼ぶが、なかには主人に気に入られる者もおり、こうした運の良い連中は『重年《ちょうねん》』と呼ばれて居残りを許されるうえに、給金も少しあげてもらえた。

表通りは悲喜こもごも、重年となって胸を張る者の隣では、奉公先を失って途方に暮れる者たちが佇んでいる。江戸の風物詩となったそうした光景も、鎌倉河岸の辰五郎《たつごろう》長屋に住む貧乏人たちには関わりがない。

「貧乏暇なしがいちばんさ。人間てのは暇があると、ろくなことはねえ。世の中がつれえとか、息苦しいとか、自分だけがどうして浮かばれねえのかとか、余計なことを考えちまう」

だから、目先の銭を稼ぐためにあくせくするのは悪いことではないと、大家の善助は教えてくれた。

「もっとも、おめえさんにゃあてはまらねえ。何せ、手に職もねえし、人を笑わす芸もねえ。機転も利かねえし、愛想もねえ。ないない尽くしの食いつめ浪人だからな」

どれだけ皮肉を言われても、虎之介はいっこうに腹が立たなかった。

善助は江戸で身元を保証してくれた店請人《たなうけにん》だったし、口煩《くちうるさ》いところはあっても、情け深い人物だということはわかっていた。

四年半前、隣に住むおそでが借金のカタに取られて岡場所へ売られて、一日も我慢できずに逃げもどってきたときも、足抜けのとばっちりを恐れて迷惑がる店《たな》子《こ》たちを尻目に、善助だけはおそでを庇った。首を縊《くく》った双親の弔《とむら》いもしてやり、おそでの親代わりになって面倒を見てやったのだ。

そのおかげで、今がある。

虎之介は善助から「おそでを嫁にしてやってくれ」と頼まれていたし、いずれはそうするつもりで、小金も少しずつ貯めていた。

「先立つものもでえじだが、肝心なのは気持ちを伝えてやることとさ。おそでを早く安心させてやりな。あいつも、もういい歳だ」

そんなふうに懇々《こんこん》と諭《さと》されたこともあったが、近頃は説教も聞かなくなっていた。

店子たちの噂では、大家株を担保に借金をし、丁半博打《ちょうはんばくち》にのめりこんでいたという。

きっかけは、嘘のようなはなしだった。

大好きな勧進相撲《かんじんずもう》の金主《きんしゅ》になるべく、欲をかいて貯えた金を増やそうとした。ところが、初《しょ》っ端《ぱな》で大負けし、その負けを取りもどそうとして我を忘れ、高利貸しに借金までして博打に金を注ぎこんだというのだ。

耳を疑うような噂だが、虎之介にもおもいあたる節はあった。

あれほど潑剌《はつらつ》としていた善助が、年明け頃から、萎《しお》れた菜っ葉のように俯き、じっと地べたをみつめて考えこむようになった。

しかも、六兵衛《ろくべえ》という債鬼《さいき》がちょくちょく顔を出しはじめた。

相撲取りの巨漢で、強面《こわもて》の風貌から『鬼六』と呼ばれている。

しろがねの権太《ごんた》という地廻りの子飼いらしく、借金のごたごたをおさめてまわる始末屋を稼業にしていた。

その鬼六を、虎之介も何度か見掛けたことがあった。

最初は、ざんざん降りの雨の日だ。

七尺の大男が露地裏で震える子犬を拾い、懐中に入れて暖めようとしていた。

それが債鬼の六兵衛と知り、意外な気がしたのをおぼえている。

「鬼六のことは、大家もよくはなしていたぜ」

古株の店子によれば、六兵衛は奥州《おうしゅう》の陸前高田《りくぜんたかた》出身、四股名《しこな》を『松風《まつかぜ》』という、二年前まで盛岡藩南部家《もりおかはんなんぶけ》お抱えの相撲取りだった。

いっときは、江戸の相撲番付にも載るほどの人気力士だったにもかかわらず、怪我のせいで盛岡藩からお払い箱になり、金を稼ぐためにわざと負けるいかさま相撲をやるようになった。

仕舞いには、辻陰に隠れて通行人を脅す通り者まがいのことまでやり、すっかり落ち目になったあげく、地廻りの権太に拾われたというのだ。

大名お抱えの相撲取りが通り者に堕ちた例は、けっして少ないわけではない。巨体と強面を生かして債鬼に転じることも、めずらしいはなしではなかった。だが、まがりなりにも、六兵衛は現役の力士なのだ。力士の魂を売ったとはいえ、土俵から去ったわけではなかった。人気商売の相撲取りが債鬼をやっているのは、稀《まれ》にもないことだった。

それにしても、震えた子犬を拾って懐中に入れた鬼六のすがたが、虎之介にはどうしても忘れられない。

じつは、善助に子犬のはなしをしたことがあった。

温厚な大家は顔色を変え、心の底から怒りあげた。

「だから、あいつは駄目なんだ。勝負師に優しさはいらねえ。そいつを、六兵衛はわかってねえんだ」

善助は、こうも言った。

「おれは今でも、六兵衛を叱っている。土俵のうえで男になってみろってな。あいつは東の関脇《せきわけ》までつとめた名力士だ。むかしは勝負師の顔をしていた。勝負師の顔ってのはな、惚《ほ》れ惚《ぼ》れするほど美しいものなんだぜ。六兵衛は、このままで終わる男じゃねえ。高利貸しの始末屋なんざ、やっているタマじゃねえんだ」

相撲のことになると、善助は人が変わったようになった。

今となってみれば、それも懐かしい思い出だ。

東の空が明け初《そ》めたころ、善助は無残な屍骸《むくろ》となって見つかった。

九寸五分《くすんごぶ》の匕首《あいくち》で心ノ臓をひと突き、木戸脇の自身番のなかは血の池と化した。

昨晩遅く、善助と六兵衛が激しく口論しているところを、何人かの店子が目にしていた。それこそ、摑みあいになるほどの喧嘩だったらしい。

すがたを消した六兵衛に、当然のごとく、殺しの疑いが掛けられた。

いち早く自身番に駆けつけたのは、久能鉄之進《くのうてつのしん》という北町奉行所の定町廻りだ。

年齢は四十前後、蛇《へび》のような執念を感じさせる同心だった。

ほどもなく、六兵衛は捜しだされ、久能の手で縄を打たれるにちがいない。

店子たちの誰もが、そうおもっていた。

殺された善助は白装束《しろしようぞく》となり、今は蒲団《ふとん》に寝かされている。

線香の焚《た》かれた部屋には、親しい人々が出入りしていた。

おそでは枕元に座り、朝からずっと泣きつづけている。

虎之介には、掛けることばもなかった。

親代わりの大家を失い、混乱しているのだ。

悲しいのは、虎之介も同じだった。

悪夢を見ているとしか言いようがない。

善助の死が腑《ふ》に落ちるまでには、何日か時を要するだろう。

店子たちもみな、悲しみに暮れていた。

地主の辰五郎が新しい大家を雇えば、店賃の滞った者は追いだされるかもしれない。深い悲しみのなかにあっても、打算や不安や戸惑いが頭のなかを駆けめぐり、誰もが落ちつかない様子だった。

虎之介は蒲団のそばに躙《にじ》りより、善助の死に顔を眺めた。

「安らかな顔だ」

呼びかければ、目を醒ましそうな気もする。

「……善助どの」

虎之介は、そっとつぶやいてみた。

——勝負師の顔ってのはな、惚れ惚れするほど美しいものなんだぜ。

なぜか、そのことばが、ぽっと脳裏に浮かぶ。

もしかしたら、六兵衛は濡《ぬ》れ衣《ぎぬ》を着せられているのかもしれない。

何ひとつ根拠はないが、虎之介はそうおもった。

二

虎之介は照降長屋の浅間三左衛門に誘われ、柳橋の『夕月楼』へ顔を出した。

楼主の金兵衛も入れて、三人で鶏《とり》の水炊《みずた》きを囲み、へぼ句をひねろうというもくろみだ。

四年半前、三左衛門とは偶然に知りあった。

風采《ふうさい》のあがらない四十男は、富田流《とだりゅう》の小太刀《こだち》を修めた剣客にほかならず、拠《よん》所《どころ》ない理由から上野国七日市藩《こうずけのくになのかいち》の馬廻り役《うままわやく》を辞し、藩も故郷も捨てて江戸へやってきた。

そうした経緯《いきさつ》も似通っており、虎之介は三左衛門を兄のように慕っていた。

朝鮮人参《ちょうせんにんじん》にからむ会津藩重臣の不正を糾弾《きゅうだん》すべく、ともに会津若松《わかまつ》へ潜入したこともあった。仲人稼業《なこうどかぎょう》の『十分一屋《じゅうぶいちや》』をいとなむ妻女のおまつにも、日頃からよくしてもらっている。

「おそでといっしょに晩飯でも食いにきてくれと、おまつが言っておったぞ」

三左衛門は気を使い、善助の死で受けた心の傷を癒《いや》そうとしてくれた。

虎之介は心から感謝したが、正直、今はへぼ句をひねる気分ではない。

誘われて重い腰をあげたのは、定町廻りの八尾半四郎もやってくると聞いたからだ。

善助殺しのことで、半四郎には聞いてほしいことがある。

だが、銚子《ちょうし》をいくつか空けても、いっこうにあらわれる気配はない。

「さきにやっておりましょう」

金兵衛は沸騰《ふっとう》した鍋に鶏肉を入れ、ぐつぐつ煮はじめる。

白い湯気を肴に下り物の上等な酒を酌《く》みかわしても、はなしが弾む気配はない。

「お題すら浮かんできませんな」

菜箸《さいばし》を動かしながら、金兵衛が溜息を吐いた。

「気乗りがしないのは、やはり、善助殺しのせいでしょうか。じつは、八尾さまもひそかに、お調べになっているご様子でしてね」

虎之介は首をかしげた。

「善助どのの一件は、北町奉行所の同心が調べているはずですけど」

「たしかに、南町奉行所の八尾さまには口出しできない。それでも、天童さまのことを案じて、調べておられるのでしょう。八尾さまは大雑把《おおざつぱ》に見えて、こまかい心遣いをなさるおひとだから」

ありがたいと、虎之介はおもった。

「さあ、辛気臭《しんきくさ》いはなしはやめて、景気づけに一句詠《よ》もう」

と、三左衛門が陽気を装う。

金兵衛が銚子の燗を確かめた。

「では、お題を。花見というのはいかがでしょう」

「なるほど、そろそろ、桜の蕾《つぼみ》もほころぶ季節だからな」

「飛鳥山《あすかやま》は遠すぎるし、上野《うえの》のお山では酒も呑めぬ。やはり、花見は墨堤《ぼくてい》が一番にござりましょう。花見船にでも揺られた気分でひとつ、小粋なやつをお願いいたしまする」

「よし。されば、これはどうだ」

三左衛門が膝を乗りだす。

「花見船、雪と見紛《みまご》う花吹雪《はなふぶき》」

「早くも散ってしまいましたか。儚《はかな》くも、人の命は花と知れ」

何やら、かえって辛気臭い気分になってきた。

金兵衛はごまかすように、鍋から鶏肉を拾いはじめる。

句詠みも煮詰まったところへ、半四郎が風のようにあらわれた。

「おっと、真打ちのご登場だ」

「待たせたな」

半四郎はどっかり座るなり、金兵衛に注がれたぐい呑みを空にする。

「ほう、鍋が美味《うま》そうな湯気を吐いていやがる」

鶏肉を箸で摘んで柚子醬油《ゆずじょうゆ》の汁に浸け、しばらくはものも言わずに食べつづけた。

ようやく腹も満ちたところで、半四郎はふうっと大きく溜息を吐いた。

「どうも、やりづらくて仕方ねえ」

虎之介と目を合わさず、善助殺しのことを口にしだす。

「何しろ、北町奉行所のヤマだ。廻り方の久能鉄之進ってのは、なかなか食えねえ馬面《うまづら》野郎でな、間抜けに見えて存外に鋭い。仲間内では『ひがみの鉄《てつ》』なんぞと呼ばれていてな、手柄を横取りでもしようものなら、それこそ、斬りつけるほどの勢いで捻《ね》じこんできやがる。しかも、直心影流《じきしんかげりゅう》の免許皆伝《めんきよかいでん》らしい。怒らせでもしたら、始末に負えねえ手合いなのさ。だから、あんまり期待するな」

半四郎はそうやって前置きしつつも、探索の様子を教えてくれた。

「債鬼の六兵衛は、善助の遺体が見つかった日から行方をくらましたままだ。何よりも逃げたのが下手人の証拠だと、久能たちは血眼《ちまなこ》になって六兵衛を捜している」

虎之介はおもいきって、もやもやした気持ちを口に出した。

「六兵衛が下手人とはおもえません」

「ほう、どうしてだい」

半四郎は、ぐい呑みを持つ手を止めた。

虎之介は渇いた口を酒で潤《うるお》し、六兵衛が雨のなかで震える子犬を拾ったはなしをしてやった。

「ふうん、そんなことがあったのか。強面の鬼六にも優しいところがあるってのはわかった。でもな、子犬を助けた野郎が人を殺《あや》めねえとはかぎらねえ」

「仰《おっしゃ》るとおりです。でも、善助どのは六兵衛のことを嫌ってはいなかった」

「なぜ、わかる」

「善助どのは、大の相撲好きでした。おそでのはなしでは、ふだんから六兵衛のことを気に掛けていたようで」

「どんなふうに」

「あいつは、金貸しの手先なんぞをやっている男ではない。土俵で相撲を取ってなんぼの男だと」

「債鬼の再起を期待していたというわけか」

金兵衛が横からまぜかえし、半四郎に睨まれる。

「ふん、わからんでもねえな。六兵衛は相撲番付に載ったこともある。四股名は松風、東の関脇だ。二年前のはなしだがな、おれもこの目で取組を観たことがある。今をときめく大関武蔵山《おおぜきむさしやま》との大一番は手に汗を握ったぜ」

「その一番なら、わたしもおぼえておりますよ」

三左衛門が、遠い目をしてみせた。

「決まり手は寄りきりだった。武蔵山に負けはしたが、水入りにもなった大一番だった」

「あのころの六兵衛は強かった。なるほど、相撲好きなら口惜しがるだろうぜ。もういちど、松風六兵衛の雄姿《ゆうし》を見てえとおもうだろう。でもな、それと殺しとは別のはなしだ」

六兵衛には善助を殺める理由があったと、半四郎は指摘する。

「大家株さ。そいつを、しろがねの権太が狙っていた。大家株の相場は三百両だ。権太はこれとおもった大家を騙《だま》して借金漬けにし、大家株をいくつも奪っていやがる」

「なるほど」

と、金兵衛が頷いた。

「善助が死ねば、大家株は権太のものになる。子飼いの六兵衛としては、権太に拾ってもらった恩がある。厄介事を頼まれても、拒むことはできない」

「そのとおり。でも、証拠はねえ」

半四郎はすっと酒を呷《あお》り、渋い顔でつづける。

「落ちぶれた相撲取りは潰しがきかねえ。土俵を下りたら、ただの乱暴者。とどのつまりは、通り者に堕ちるしかねえのさ」

虎之介は口を尖らせた。

「恩のある権太に頼まれたら、殺しでもやりかねないと仰るのですか」

「通り者ってのは、そういうものさ。人殺しなんぞ、屁《へ》ともおもわねえ連中ばかりだ。そいつだけは、おぼえておいたほうがいい」

「六兵衛はまだ、通り者ではありませんよ」

「どうやら、納得がいかねえらしいな。人は誰でも心に蛇を飼っている。心根の優しい野郎でも、魔がさすってこともあるしな。どっちにしろ、今んところ、下手人は六兵衛で動かねえ。そいつを覆《くつがえ》すのは容易なことじゃねえ」

半四郎はかぽっとぐい呑みを呷ると、今宵はどうやら宿直《とのい》の番らしく、一句も詠まずに席を立った。

虎之介にはどうしても、善助殺しの真相が別にあるような気がしてならない。

句会はそのあとも盛りあがらず、早々にお開きとなった。

三

虎之介は翌日、一日じゅう、ぶらぶらしながら過ごした。

善助の仇《かたき》を討ちたいのは山々だが、肝心の下手人がわからない。

町奉行所も世間も、六兵衛を下手人あつかいしているが、どうもそれが腑に落ちず、虎之介の行動を鈍らせている。

夕暮れになり、とぼとぼと家路をたどった。

地主の辰五郎はまだ、新しい大家を雇っていない。

善助亡きあと、店子が交替で自身番に詰めることになっていたが、木戸の左手に建つ自身番の灯りは消えたままだ。

木戸を潜り、どぶ板を踏みしめる。

部屋には灯りが点いており、味噌汁《みそしる》の香ばしい匂いがしてきた。

おそでが夕餉の支度をしてくれたのだ。

おもわず、虎之介の顔はゆるむ。

腰高障子を開けると、ふっくらした笑顔が出迎えた。

「お帰りなさい」

「ただいま」

「照降長屋のおまつさんがね、亀戸《かめいど》の大根《だいこん》をお裾分《すそわ》けにって。それを味噌汁の具にしたんだよ」

「それは、ありがたいな」

悲しみに暮れるおそでを元気づけようと、おまつはいつも世話を焼いてくれる。

以前から、おそでとの仲を取りもってやるからねとも言われていた。

双親を亡くしたおそでは、おまつを母親のように慕っているのだ。

虎之介は水甕《みずがめ》に柄杓《ひしゃく》を突っこみ、手と顔を洗った。

大小を鞘《さや》ごと抜いて刀掛けに置き、箱膳《はこぜん》のまえに正座する。

箱膳には皿が並んでおり、惣菜と焼魚が用意してあった。

おそでは甲斐甲斐《かいがい》しく、飯櫃《めしびつ》から飯をよそってくれる。

虎之介は両手を合わせ、いただきますと元気に発した。

塗りの木椀を取り、ずるっと味噌汁を啜《すす》る。

「美味い」

にっこり微笑むと、おそでの顔が明るくなった。

飯をひと口食べ、咀嚼《そしゃく》しながら魚に箸をつける。

旬《しゅん》の干鰈《ほしがれい》だ。

焼き加減が絶妙で、こちらも食べた途端、にんまりとなる。

「どう」

聞かずとも、顔をみればわかるだろう。

「美味い。おそでのつくる料理は、すべて美味い」

「だったら、お嫁さんにしてくれる」

そう言って、おそでは顔をぽっと赤くする。

虎之介は飯をのどに詰まらせ、激しく噎《む》せた。

「あらあら、冗談を真に受けるなんて」

おそでは布巾《ふきん》で床を拭きながら、さらりと話題を変える。

「大家さん、お骨になっちまったけど、何だかひょっこり訪ねてきそうな気がするね」

「そうだな」

虎之介は飯を嚙《か》みしめながら、善助のことをおもった。

裏長屋には、侍の家にはない情や温かみがある。

それは、虎之介の求めていたものだ。

店子たちは喧嘩もするが、だいじなところでは助けあっている。

おたがいの淋しさを埋めてくれるのが、長屋なのかもしれない。

清濁《せいだく》あわせ呑む器量を備えた善助は、店子たちをいつも上手に導いてくれた。

虎之介がおそでと仲良くなれたのも、善助のおかげだった。

かりっと沢庵《たくわん》を囓《かじ》る音が聞こえ、虎之介は我に返った。

おそでが、上目遣いに覗いている。

「何か、考え事」

「いや、何でもない」

「大家さんのことでしょ」

「まあな」

「博打にのめりこんで借金をつくったって噂だけど、わたし、そうじゃないんじゃないかっておもうの」

「え」

「お金を借りていたのはほんとうだけど、誰かにほどこしていたのよ、きっと」

「誰かって」

「わからないけど、大家さんはお金に困っている人たちを助けようとしていたんじゃないかって、そうおもうの」

「どうして、そんなふうにおもう」

「いちどね、大家さんから聞いたことがあったの。自分は三度も女房に逃げられた。蓄財もそのたびに減らしてきたが、少しは貯まったぶんもある。どうせ子もいないし、有り金はぜんぶ、世の中の役に立つことに使いたい。恰好をつけるわけじゃないが、人助けをしたい。そうすれば、閻魔《えんま》さまの心証も少しは良くなるだろうからって」

「ふうん、善助どのがそんなことを言ったのか」

「そのときね、大家さんの優しい気持ちに触れられて、わたしも嬉しいって言ったの。そうしたら、ありがとう、ありがとうって繰りかえしながら、大家さん、おんおん泣きだしたのよ」

　勘の良いおそでの言うとおり、善助は困っている誰かに善行をほどこしていたのかもしれない。

「長屋のみんなは知らないだろうけど、砂村《すなむら》のおじさんなら知っているかも」

「砂村のおじさんて」

「野菜をつくっているおじさんよ。十日に一度、砂村から下肥《しもご》えを買いにくるの。大家さんとは格別に親しかったから、おじさんならきっと何か知っているわ」

「葬式には」

「来てくれたけど、わたし、泣きどおしだったから、ちゃんとはなしもできなかった」

「つぎに来るのはいつだ」

「わからない。でも、ふたりでよく呑んでいた居酒屋の女将《おかみ》さんなら、知っているかもしれない」

「それは『おせん』のことか」

「うん」

一度、善助に連れていかれたことがあった。

押し黙る虎之介の顔に、おそでは顔を寄せてくる。

「どうしたの」

「別に」

「ひょっとして、鬼六さんのこと」

「どうして、そうおもう」

「鬼六さん、みんなは恐いって言うけど、わたしはそうおもわない。大家さんもね、鬼六さんに頼まれたから、お金を借りたんだって言ったもの」

「そうなのか」

「うん、まちがいないよ。だからわたし、鬼六さんが下手人だなんておもわない。きっとほかに、大家さんを殺めた下手人がいる。虎之介さまも、そうおもっているのでしょう」

虎之介はうなずきつつも、一抹の危うさを感じた。

「おそで、そのことはまだ、胸に仕舞っておいたほうがいい」

「まだって、いつまで」

愛らしい顔を向けられ、虎之介は返答に詰まった。

四

鬼六こと六兵衛は、善助を殺していない。

虎之介はみずからの確信にしたがい、独自に調べをはじめた。

まずは、おそでも口にしたおせんという居酒屋を訪ねてみた。

午前《ひるまえ》なので、もちろん店は開いておらず、客のすがたもない。

薄汚れた暖簾《のれん》を振りわけると、ずんぐりした四十年増が婀娜《あだ》っぽい笑みをかたむけてきた。

「まだ、支度中なんですよう。でも、ちょいと良い男だから入れてさしあげますよ……あれ、以前にもみえられましたっけ。そうそう、辰五郎長屋の善助さんと、一度おみえになったことがおありでしょう。元会津藩の……たしか、虎さまでしたよね」

「さよう。天童虎之介だ」

「お葬式でもお見掛けしましたよ。ご挨拶《あいさつ》もできず、とんだご無礼を。それにしても、あんなことがあって、わたしもちょいと落ちこんじまいましてね。こんなふうに喋りつづけていないと、だめになっちまいそうなんですよ」

燗酒が出された。肴は烏賊《いか》の塩辛《しおから》だ。

「蛤《はまぐり》の田楽《でんがく》もありますけど。剝《む》き身《み》を串《くし》に刺して、味噌だれをかけて焼いたものですよ」

「いや、けっこう」

「そうですか。さ、おひとつ」

「すまぬ」

注がれた酒を舐め、返杯の酒を注いでやる。

「女将さん、おもいださせてすまぬが、教えてほしい」

「はい、何でしょう」

「善助どのは、殺された晩もここへ」

「ええ。いつもどおり、陽が落ちてからすぐにいらして、一合だけ。さっと呑んでお帰りになりましたよ」

「変わった様子はなかったかい」

「そうねえ。つまらない駄洒落《だじゃれ》を飛ばしながら、陽気に呑んでおられましたけど」

「そうか」

「どうしてです」

虎之介は酒を注がれ、正直にこたえた。

「みなは疑っているが、債鬼の六兵衛が下手人とはおもえぬのだ」

「まあ」

おせんの態度が変わった。

安白粉《やすおしろい》を塗った顔を近づけ、声をひそめる。

「じつは、わたしもそうおもっているんですよ。常連の店子が何人もいるから、滅多なことは言えないけど」

「教えてほしい。何があった」

「あの晩、善助さんは鬼六のことを、しきりに毒づいておられました。『あいつ、いかさまなんぞ引きうけやがって、許せねえ』って」

「いかさま」

「相撲賭博ですよ」

しろがねの権太も胴元のひとりになり、子飼いの六兵衛にいかさま相撲を取らせているというはなしは、以前から囁かれていた。

「権太は勧進相撲の金主でしてね、裏じゃ相撲賭博でしこたま儲けているって噂を小耳に挟んだことがあるんですよ。落ちぶれた六兵衛さんを土俵にあげているのも、いかさま力士に仕立てて負けさせるためだって」

そうした噂を、善助も聞きつけたらしかった。

「善助さんは仰ってましたよ。『土俵にあがれと言われたら、六兵衛は拒めねえ。たとい、それがいかさま相撲でもな。あいつはもう、勝負師の心を失っている』って、真っ赤な目をして嘆いておられました」

「勝負師の心を失っているか」

「腐っても鯛《たい》。何せ、いっときは東の関脇だった相撲取りですからね。むかしはみんなで、一所懸命に応援したもんですよ」

土俵のまわりは女人禁制なので、おせんは六兵衛の雄姿を目に焼きつけたわけではない。だが、まるで、取組を直に見てきたように眸子《まなこ》をほそめた。

「善助さんに言わせれば、松風六兵衛は鬼神のような闘いぶりをしてみせたとか。それが、しろがねの権太のせいで骨抜きにされ、どうしようもない男になりさがった。そんなふうに、あの晩はしつこく文句を言いつづけておりましたっけ」

「なるほど」

善助が怒りを溜めて自身番へ戻ると、六兵衛がひょっこり訪ねてきた。

すぐさま口論になり、詰《なじ》られた六兵衛はかっとなって善助を刺した。

「お役人さんもそう仰いましたけど、鬼六が匕首なんぞ使いますかね」

たしかに、妙だ。

おせんの指摘は鋭い。

「匕首を呑んでいるところなんぞ、見たこともありませんから。でね、旦那、ひとつおもいだしたことが」

おせんは丸い鼻に皺を寄せ、一段と声を落とす。

「わたし、鬼六の隠れ家を知っているんですよ」

「え、まことか」

「あんまり期待されても困りますけどね、善助さんの仰ったはなしをおもいだしたんです」

「教えてくれ、頼む」

「誰にも言わないって、約束していただけますか」

「無論だ。約束する」

虎之介は、おもむろに手を取られた。

「こうして、小指と小指をからめて」

おせんの音頭で、指切りげんまんをさせられる。

「三田《みた》は伊皿子坂下《いさらごさかした》に、捨てられた子だけを集めて住まわせている長屋があるそうです。土地の者は『鴉店《からすだな》』って呼んで、近づかないらしいんだけど、そこには、おすまという菩薩《ぼさつ》のような女がひとりいて、子どもたちの面倒を見ているんだとか」

「そこに、鬼六が隠れていると」

「わたしの勘ですけど。鬼六は子どもたちに慕われていたってはなしだから」

「善助どのが、そう言ったのか」

「ええ、そうですよ。『もしかしたら、六兵衛は菩薩のような女と事情《わけ》ありで、子どもたちに情けを恵んでいるのかもしれない』って、そんなふうに仰いました」

「情けを恵む」

「お金ですよ」

「ああ、なるほど」

「それがほんとうだとすれば、容易にできることじゃありません。善助さんもそのことを知り、鬼六の優しさにほだされたのかもしれない」

ふたりの間柄は、想像以上に親密なものだったのかもしれない。

虎之介は女将に礼を述べ、その足で三田の伊皿子坂へ向かった。

五

鎌倉河岸から三田は遠い。

道程は二里近くにおよび、東海道《とうかいどう》をひたすらのぼっていかねばならない。

途中で屋台の蕎麦《そば》を啜り、芝の金杉橋《かなすぎばし》を渡ってからは潮の香りを嗅ぎながら大《おお》縄手《なわて》の松並木をすすんでいった。

空は晴れわたり、白い海猫《うみねこ》が飛んでいる。

潮風は強く、松の枝を揺らすほどだ。

御殿山《ごてんやま》の桜は、まだ五分咲きらしい。

気の早い行楽客のすがたが、ちらほらみえた。

高輪大木戸《たかなわおおきど》の手前で街道を逸れ、右手の車町《くるまちよう》へ踏みこむ。

この界隈は寺が多く、赤穂浪士《あこうろうし》の墓がある泉岳寺《せんがくじ》もすぐそばだ。

何度か参拝に来ていたので、車町から伊皿子町の辺りには土地勘があった。

だが、坂下の狭間にある芥捨て場と区別もつかぬ鴉店のことは聞いたことがない。

「ともかく、鴉どもの集まっているところをめざして行けばいい」

と、車曳きが教えてくれた。

なるほど、それらしき坂下の暗がりへ踏みこんでみると、鬱蒼《うつそう》とした欅《けやき》の林があり、遥か高みにある枝という枝が真っ黒に塗りつぶされている。

それがすべて、鴉だった。

「うっ」

闖入者《ちんにゆうしや》の気配を察し、鴉の群れが一斉に飛びたつ。

すると、頭上の空一面が黒く覆《おお》われてしまった。

林を抜け、湿った地べたをたどる。

朽ちかけた木戸が見えた。

自身番も木戸番もいないようだ。

汚水に潮の香が混じり、魚の腐ったような臭いがしてくる。

ところが、木戸の向こうからは、子どもたちの元気な声が聞こえてきた。

「わあああ」

声に誘われて、木戸を潜る。

裸の子どもたちが、走りまわっていた。

大人のすがたはない。

いや、手前の部屋に人影があった。

覗いてみると、背中の曲がった老婆が座っている。

「すまぬ。ちと、ものを尋ねたい」

声を張り上げても耳が遠いらしく、老婆はぴくりとも動かない。

あきらめて踵を返しかけると、ごそっと動く気配がした。

「何か用かい」

置物のような老婆が薄目をあけ、嗄《しゃが》れ声を発した。

「ここに、六兵衛という相撲取りはおらぬか」

返事がないので、別のことを尋ねてみた。

「ならば、菩薩と呼ばれるおなごは」

老婆は黙ったまま、稲荷《いなり》の祠《ほこら》を指でさす。

「かたじけない」

虎之介はどぶ板を踏みしめ、朱塗りの剝げた稲荷の祠まで足を運ぶ。

背後には欅の太い幹が伸び、緑の葉が風に揺れている。

まるで、御神木《ごしんぼく》のようだなと、虎之介はおもった。

突如、脇の部屋から赤子の泣き声が聞こえてくる。

「んぎゃ、んぎゃ」

泣き声はすぐにおさまり、薄暗い部屋を覗いてみれば、三十路《みそじ》を越えた女が赤子に乳をふくませている。

「おすまさんかい」

敷居の手前から呼びかけると、女は顔を持ちあげた。

「ええ、そうですけど」

菩薩にしては、痩せている。

髪はぼさぼさで、顔もからだも垢にまみれ、襤褸《ぼろ》布《ぬの》を何枚か纏うすがたは、物乞い以外の何者でもない。

おそらく、乳もろくに出ていないのだろう。

それでも、赤子は懸命に乳を吸おうとしている。

「おまえさんも、六さんのお友だちかい」

おすまは屈託のない笑みを浮かべ、手招きしてくれた。

とりあえず、六兵衛の友だちということにして、虎之介は上がり端に尻をおろす。

「うふふ、この子わたしの子じゃないんですよ。でも、お乳をあげているんです」

「はあ」

「ご用は何でしょう」

「ここに来れば、六兵衛どのに会えるとおもってな」

「おや、同じことを言われたおひとがありました。善助さんとおっしゃる方で、子どもたちのために使ってほしいからと、お金を甕《かめ》ごと置いていかれました。だけど、使っていいのかどうかわからないから、ほら、そこのへっついの脇に置いてあります」

しゃくられた顎のさきを見ると、たしかに甕がある。ひと抱えはある甕だ。

「恐ろしくて覗いておりませんけど、きっと大金にちがいありませんよ」

小判を詰めているのだとすれば、百両や二百両では足りないかもしれない。

もしかしたら、大家株を担保に権太から借りた金ではあるまいかと、虎之介は勘ぐった。

「善助どのは、何をしにここへ」

「ですから、六さんを訪ねてこられたんです。酒に酔った六さんから、ここのはなしを耳にしたことがあったとかで。お相撲好きの方でしてね、もういちどだけでいい。松風六兵衛が本気で相撲をとるすがたが観てみたいって、そう仰っていました」

「松風六兵衛か」

「鴉店の守神《まもりがみ》なんです」

乳飲み子が、また泣きだした。

そこへ、十にも満たない洟垂《はなた》れが飛びこんでくる。

「松風は強いんだぜ」

いつのまにか、稲荷のまわりでは相撲がはじまっていた。

行司役《ぎょうじやく》の洟垂れが、声を張りあげる。

「八卦《はっけ》よい」

大きな子と小さな子がぶつかりあい、押しあったり、四つに組んで転がされたり、仕舞いには「松風はおれだ。おれが松風だ」と主張しあって、殴りあいの喧嘩になる。

歳恰好の異なる子どもたちが周囲を取りまき、やんやの喝采《かっさい》をおくりはじめた。おすまは菩薩のように微笑みながら、子どもたちのやりたいようにやらせている。

「ああしてみんな、六さんのまねをするんです」

「人気者だな」

「守神ですからね」

おすまは六兵衛と同じ、陸前高田の生まれだという。

いろいろ苦労したすえに、たどりついたのがこの場所だった。

「目を瞑れば、浮かんできます。浜街道に沿って、それは見事な松並木がつづいておりました。じっと耳を澄ませば、波音が聞こえてきますでしょう。ここにいると、故郷に戻った気分になれるんですよ」

虎之介は目を瞑った。

ざざっ、ざざっと、大縄手に寄せる波音が聞こえてくる。

「松風って四股名《しこな》を聞いて、ひょっとしたらっておもったんです」

おすまは、六兵衛との出会いを懐かしそうに語ってくれた。

「わたし、辻に立って春をひさいでおりました。お金もないし、いつもお腹を空かせていたし、いつ死んでもいいっておもっていたとき、六さんが声を掛けてくれたんです。訛《なま》りで同郷だなってわかったみたいで、懐かしそうにしてくれました。相撲番付にも載るほどの人気力士だって知らなくて。それから、毎日のように会ってくれて。ところがある日、六さんは薄汚い女の子を連れてきたんです。橋の下で震えていたから連れてきたって、まるで、子犬でも拾ったみたいに」

おすまは六兵衛に導かれるまま、この鴉店までやってきた。

「木戸脇の部屋に、お婆さんがいらしたでしょう。六さんは、あの方に育てでもらったそうです。自分も捨て子だったけど、親切なひとに拾ってもらい、ここまで育つことができた。だから、恩返しがしたいって」

その日から、おすまは鴉店の住人になった。

一方、六兵衛は何かに憑《つ》かれたように、捨て子を拾っては連れてくるようになったという。

「そうこうしているうちに、こんなふうになっちまったんです。ふつうの長屋は店賃も高いし、身寄りのない子は置いてもらえないから、ここに来るしかないんです」

鴉店に来れば、何とか食べていける。

町奉行所は、子どものことを知ったところで、どうすることもできない。大人の無宿なら島送りにもできようが、子どもは抛《ほう》っておくしかないからだ。

「稼ぎがないから、六さんに頼りきりなんです」

おそらく、善助はそうした事情を知り、救いの手を差しのべたかったにちがいない。

虎之介は土間の片隅に置かれた甕を見やり、何度もうなずいてみせる。

「おすまさん、差しでがましいかもしれぬが、善意は受けとったほうがよい。善助どのも、常世《とこよ》でそれを望んでいるはずだ」

「常世で」

「さよう。善助どのは死んだ。じつは、六兵衛どのに善助どの殺しの疑いが掛かっている」

「……ま、まさか」

おすまはことばを失い、がくがく顎を震わせた。

演技ではないと、虎之介は察した。

「六兵衛どのは殺っていないと、確信している。だから、本人の口から真実を聞いてみたかった」

「……も、もう、十日も見えていません。六さん、回向院《えこういん》で催される勧進相撲に出るんです」

「まことか」

「でも、子どもたちには告げないでほしいって」

「なぜ」

「どうせ、いかさまだからって」

「相撲賭博か」

「可哀相に……もうそれしか、土俵にあがれる方法はないんです」

おすまは悲しげに俯き、ひとりごとのようにつぶやく。

「仕方ありません。生きのびるためには、仕方のないことなんです。ちがいますか。六さんが悪いなんて、誰が言えるんですか」

必死に訴えるおすまの目を、まともに見ることができない。

「万が一訪ねてくることがあったら、報せてほしい」

虎之介はそう言いのこし、鴉店から足早に去った。

六

数日後の夕方。

半四郎が使いを寄こしたので、虎之介は急いで夕月楼まで出向いた。

「お、来たな。今宵は精のつく軍鶏鍋《しゃもなべ》だぜ」

微酔《ほろよ》いの半四郎が、赭《あか》ら顔で手招きする。

金兵衛は仕込みで忙しく、三左衛門は何やら用事があるらしい。

「サシでいこうや。さ、駆けつけ三杯」

言われたとおり、虎之介は冷酒を胃袋に流しこむ。

「どうだ、鬼六の居場所は摑んだか」

「い、いいえ」

少し迷ったが、鴉店のことは黙っておく。

「ふふ、隠し事か。おめえはすぐ顔に出るからな。まあいいや。まずは、こっちのはなしだ。おめえの言うとおり、鬼六は下手人じゃねえかもしれねえ」

「え、まことですか」

「はなしを聞くかい」

「お願いします」

虎之介は前のめりになって酒をこぼし、半四郎に笑われた。

「善助が殺された晩のはなしだ。亥《い》ノ刻（午後十時）は過ぎていたというから、鬼六と口論になったあとだな。三河町《みかわちょう》の御濠端《おほりばた》で、善助を見掛けた野郎がいた。そいつは左官でな、夜鳴き蕎麦《そば》の屋台で掛け蕎麦をたぐっていたのさ。むかし、善助の頼みで仕事を請け負ったことがあってな、そんとき、支払いの件でちょいと揉めたらしい。その痼《しこ》りがあったせいで、声を掛けそびれたそうだ」

それでも、左官は善助のことが気に掛かり、屋台から顔を突きだして、しばらく後ろ姿を見送っていたという。

「善助は鎌倉河岸の方角へ向かい、ひょいと三《み》ツ股《また》の辻を曲がった。そのときだ。ぎゃっという悲鳴が聞こえたので、左官は善助が辻斬りに殺られたのかとおもい、屋台から急いで飛びだした。ほかの客といっしょに、必死に駆けたそうだ」

三ツ股の辻を曲がったところに、ひとがひとり死んでいた。

「そいつは、善助じゃなかった」

「別人ですか」

「古着商の加納屋吉兵衛《かのうやきちべえ》さ。調べてみたら、ただの商人じゃなかった。勧進相撲の金主でな、裏じゃ相撲賭博も仕切っていやがった」

「相撲賭博を」

「ああ、かなりの悪党だ。そいつが辻斬りにあった。袈裟懸けの一刀、下手人は今も捕まってねえ。妙なのは、下手人を見たかもしれねえ善助がその場から消えちまったことだ。しかも、左官が言うには、殺しのあったさきに定町廻りの同心がふらりと顔を出したらしい」

「ふらりと」

「亥ノ刻過ぎに、ふらりもねえだろう。定町廻りの名を聞いて、おれはぴんときたぜ」

「いったい、誰なんです」

「久能鉄之進、ひがみの鉄さ」

「あっ」

虎之介は、膝を打った。

「久能鉄之進は、善助どのの検屍にも立ちあっております」

「怪しいとはおもわねえか。同じ晩、てえして離れていねえ場所で、ふたつの殺しがあった。ひとつ目は加納屋で、ふたつ目は善助だ。かりに、善助がひとつ目の殺しを見ちまったとしよう。ふつうなら、その足で近くの番屋へ駆けこむはずだ。ところが、やつはそうしなかった。できねえ事情があったからさ」

「その事情とは」

虎之介は眸子を瞠《みは》り、膝を乗りだす。

半四郎は、ふっと冷笑を浮かべた。

「わからねえのか。善助は、久能のやつに脅されたのさ」

「ま、まさか」

「いいや。久能が加納屋殺しの下手人なら、ちゃんと筋は通る。善助は『見なかったことにしろ』と脅され、いったんは長屋へ戻った。そのあとで、口封じされたにちげえねえ」

まがりなりにも十手を預かる町方が、そのような凶行におよぶだろうか。

虎之介は、自分の耳を疑った。

「殺しを見られたら、誰だって同じことをするさ。でもな、そいつはおれの勝手な推測だ。証拠は何ひとつねえ」

殺された加納屋は、久能と裏で繋がっていたという。

「悪党同士、おおかた、袖の下が足りねえとかどうとか、つまらねえことで揉めたんだろうよ」

たとえ、ふたりの黒い関わりが証拠立てされたとしても、殺しには結びつかない。

証拠を探すにしても、日が経ちすぎている。

「久能が匕首を使ったのは、辻斬りとの関わりを隠すためだ。どっちにしろ、鬼六は善助殺しの濡れ衣を着せられる公算が大きい。真相をあばくためにも、本人にゃ出てきてほしいところだがな」

「八尾さん、じつは」

虎之介は俯きながら、半四郎に鴉店のことを告げた。

「ふうん、鬼六にそんな裏があろうとはな」

「回向院で催される勧進相撲に出るそうです」

「いかさま相撲か」

「おそらく」

「初日まで、まだ十日余りもあるぜ。人相書が出まわったら、相撲どころのはなしじゃねえな」

「どうしましょう」

「おれは、馬面野郎の久能を張りこんでみる。おめえは、何とか鬼六を捜しだしてくれねえか」

「承知しました」

「ま、軍鶏でも食おうぜ。英気を養うためにもな」

「はい」

百人力の加勢を得た気分だが、鬼六を捜す妙案は浮かんでこなかった。

七

翌朝。

ふと、おもいたち、虎之介は近くの銀町《しろがねちょう》へ足を向けた。

訪ねる相手は悪名高いしろがねの権太、会ってもらうには理由がいる。

妙案も浮かばぬまま、ままよという気持ちで敷居をまたいだ。

強面の若い衆が、一斉に振りむく。

兄貴分とおぼしき痩せた男が、声を掛けてきた。

「ほうら、おいでなすった。そろそろ、おいでになるころだとおもったぜ」

使いを出したわけでもないのに、なぜ、来ることがわかったのだろうか。

虎之介は首をかしげ、じっと兄貴分を睨んだ。

「それにしても、ずいぶんと若《わけ》えな。口入屋のはなしじゃ、三十なかばのはずだが、まあいいや。腕のほうがたしかなら、文句を言う筋合いはねえ」

どうやら、誰かと勘違いしているようだ。

虎之介が黙っていると、奥から恰幅《かっぷく》の良い五十男があらわれた。しろがねの権太だろう。

「亮次《りょうじ》よ、どうしたい」

「あっ、親分。口入屋が寄こした用心棒でやす」

「ほう、そいつがか」

「へい」

「腕のほうは、たしかなんだろうな」

「へっ、そりゃもう」

「たしかめたのか」

「いいえ」

「莫迦野郎、適当なことを抜かすんじゃねえ。腕をたしかめてみろ」

「へい。でも、どうやって」

権太はにやりと笑い、手にした湯呑みを上がり端に置いた。

「出涸《でが》らしの茶が半分へえってる。おめえさん、こいつをまっぷたつにできるかい」

虎之介は返事をせず、片眉をぴくっと吊りあげる。

何やら妙なことになってきたが、とりあえず、湯吞みをふたつにしておけば信用してもらえそうだ。

権太は、ぐっと太鼓腹《たいこばら》を突きだす。

「ただふたつにするだけじゃねえ。茶を一滴もこぼさねえように、輪切りにするんだ。へへ、そいつができたら、用心棒に雇ってやろうじゃねえか」

「親分、いくらなんでも、そいつはちょいと無理ってもんだ」

亮次は横から口を挟み、権太にきっと睨まれる。

「遊んでいても、月々五両の手当にありつけるんだぜ。今どき、これほど割の良い仕事もねえだろう。しろがね一家の用心棒になりてえなら、そんだけの腕が要るってことさ」

「けへへ、痺《しび》れる趣向でやすね」

亮次と乾分《こぶん》たちが笑いあげる。

どうせ、できっこないと、誰もがおもっているのだ。

「詮方《せんかた》あるまい」

虎之介は、指で頭を搔いた。

ゆらりと身をかたむけ、大股に一歩踏みだす。

――しゅっ。

刃風《はかぜ》が唸った。

「うおっ」

権太も亮次も、海老《えび》のように仰《の》け反《ぞ》る。

眩《まばゆ》いきらめきは、一瞬で消えた。

気づいてみれば、白刃は鞘に納まっている。

「え、抜いたのか」

権太が発した。

と同時に、湯呑みの上半分がずり落ち、ことりと音を起てた。

下半分は毛ほども動いておらず、茶は一滴もこぼれていない。

滑らかな切り口を見つめ、権太も亮次も口をぽかんと開けている。

虎之介は、すっと襟を寄せた。

「それでよいのか」

ぼそっと、こぼす。

権太は我に返り、みっともないほど笑ってみせた。

「ぬひゃひゃ、お見事。先生、お見事でごぜえやす」

下にもおかぬ態度で手を取り、亮次に顎をしゃくる。

「何をぼやぼやしてんでえ。酒肴《しゅこう》の支度をしろい」

「へ、へい」

当面は与えられた役を演じて、信じさせておけばいい。

運が良いのか悪いのか、虎之介は地廻りの食客《しょっかく》となった。

八

用心棒になって、三日が経過した。

亮次はやさぐれた見掛けとちがい、はなしのわかる男だった。

虎之介とすぐに馴染み、何でも相談に乗ってくれと胸を叩いた。

「先生、今宵は柳橋の料理屋までご足労願いやすぜ。親分のお供でさあ」

「承知した」

権太は値が張ると評判の料理屋で、誰かを接待するつもりらしい。

「ふん、嫌な野郎の機嫌を取らなきゃならねえんですよ。誰だとおもいやす。こいつでやすよ」

そう言って、亮次は髷《まげ》を撫でつける仕種をする。

「わかりやせんかい、小銀杏髷《こいちょう》。廻り方の腐れ同心でやすよ」

「なるほど、不浄役人のご機嫌取りか」

「しゃらっとした顔で、袖の下をがっぽり受けとりやがる。その野郎、役人のくせして相撲賭博にもからんでおりやしてね、いかさま相撲の勝敗をそっと聞きだしては、儲けていやがるんでさあ。しかも、賭けるのは他人様《ひとさま》の金ときた。まったく、あそこまで腐った役人もめずらしいぜ」

同心の名を聞きたい衝動に駆られたが、焦りは禁物と己《おの》れに言い聞かせ、虎之介は感情を面に出さない。

「へへ、そいつのことをお教えいたしやしょうか」

涼しい顔でうなずくと、亮次は憎々しげに吐きすてた。

「ひがみの鉄と呼ばれている馬面野郎でね、北町奉行所の定町廻りでやすよ」

ごくりと、唾を吞みこんだ。

やはり、おもったとおりだ。

久能鉄之進は、権太とも裏で通じている。

ただし、蜜月の間柄ではなさそうだった。

「久能は、北町奉行所でも一、二を争う剣術の遣い手でやしてね。馬面の内には、鋭い爪を隠していやがる。油断のできねえ野郎でさあ」

宴席の話題はもしかしたら、鬼六のことかもしれない。

虎之介の考えを見透かしたかのように、亮次はつづけた。

「つぎの勧進相撲が大勝負なんでさあ」

「大勝負」

「ええ。うちには、松風六兵衛って四股名の相撲取りがおりやしてね、こいつは正真正銘、二年前までは南部さまお抱えの相撲取りでやした。ええ、東の関脇まで出世しやしてね、今でも相撲好きからは人気がありやす。とはいうものの、二場所つづきで休んじまったもんだから、二度と土俵にゃ戻ってこられねえだろうと、誰もがおもっている。そこへ、どんと復活させてやるってわけで」

「そんなことができるのか」

「うちの親分は勧進相撲の金主でね、お寺さんや寺社奉行さまへも賄賂《まいない》をたっぷり差しあげているから、何だって融通は利くんですよ。へへ、幕内で松風に七番取らせて、五番も勝ちゃ、関脇との取組が組まれやす。関脇を豪快に投げとばしたひにゃ、大関との取組も夢じゃねえ。でも、そうならねえのが相撲賭博ってやつでね」

五番以上勝たせておいてぐっと盛りあげ、客を煽って六兵衛に賭けさせる。そのうえで関脇に投げとばされれば、関脇に賭けた客はがっぽり儲かる。いずれにしろ、最初から負けるのを知っている胴元が損をすることはない。

「そいつが、松風六兵衛の復帰戦というわけでしてね。つぎの場所は、関脇に勝って大関戦で負けさせる。でも、たぶん、そうはならねえな」

「どうして」

「おいらが見たところ、六兵衛はほとんど稽古をしてねえ。幕内でちゃんと相撲が取れるかどうかも、正直、怪しいもんだ。関脇との一番までは、相手にわざと負けさせる手筈になっているけど、肝心の六兵衛が自分から腰砕けになっちまうかもしれねえ。そうなりゃ、親分の企《くわだ》ては水の泡ってことになる」

虎之介は亮次を睨み、焦れたように聞いた。

「松風六兵衛はいったい、どこにいるのだ」

「へへ、そいつは教えられねえ」

ということは、知っているのだ。

どきんと、心ノ臓が鳴る。

「知っているのは、親分とおいらだけだ。でも、内緒だぜ。腐れ役人に知れたら、面倒なことになる」

「なぜ」

「じつは、六兵衛に殺しの疑いが掛かっているのさ」

「殺しの」

「ああ、鎌倉河岸の大家殺しだ。親分もおいらも、濡れ衣だとおもっている。そいつを腐れ役人に認めさせねえことにゃ、相撲賭博どころのはなしじゃねえ」

「腐れ役人はみとめるのかい」

「要は、これでやすよ」

亮次は、指をまるめて輪をつくる。

「腐れ役人も、六兵衛でしこたま儲けられるんだ。あたら、儲けの手蔓《てづる》を捨てるようなまねはしめえ」

「なるほどな」

虎之介はうなずき、眸子を輝かせた。

と、そこへ、若い者がやってくる。

「先生、出番でやすぜ」

いつのまにか、外には夜の帷《とばり》が下りている。

虎之介は大小を摑み、腰をあげた。

九

宴席は長引かず、一刻半（三時間）でおひらきとなった。

久能鉄之進は、早々《はやばや》と退席してしまった。

しろがねの権太は怒っている。

迎えの駕籠《かご》に乗りこんでも、ひとりで悪態を吐いていた。

「あの腐れ役人め」

どうやら、はなしあいは目論見《もくろみ》どおりにすすまなかったようだ。

亮次がこちらに身を寄せ、ふひひと笑う。

「あの馬面野郎、強欲《ごうよく》すぎてはなしにならねえ。どたまをかち割ってやりてえだとさ」

駕籠がふわりと浮き、威勢良く走りだした。

「あんほう、あんほう」

先棒と後棒が調子良く掛け声を入れ、虎之介と亮次は駕籠脇をつかずはなれず、小走りに走る。

ここは神田川《かんだがわ》の土手道、夜になれば人影もなくなる。
それにしても、江戸の夜は暗い。
気を抜けば、深い闇に呑まれそうだ。
駕籠は八《や》ツ小路《こうじ》をめざして、ひた走る。
朧月《おぼろづき》は赤く霞《かす》み、行く手の危うさを予感させた。
「あんほう、あんほう」
先棒と後棒の掛け声が消え、駕籠がぴたっと止まる。
柳の木陰から、人影がのっそりあらわれた。
顔を頭巾《ずきん》で覆っている。
辻強盗のたぐいであろうか。
虎之介は駕籠のまえに立ち、すっと身構えた。
黒頭巾は白刃を抜き、滑るように迫ってくる。
「ひぇっ」
駕籠かきどもが、土手のうえに逃げた。
垂れが捲りあがり、権太が転がりでてくる。
「うわっ……せ、先生、ありゃ辻強盗にちげえねえ」

見かけ倒しの親分だ。

地べたを這いつくばり、虎之介の足に縋《すが》りつく。

「……た、頼む。どうにかしてくれ」

「わかったから、放してくれぬか」

放そうとしない権太を引きはがし、刀の柄に手を添える。

「こんにゃろ」

亮次が叫び、さきに匕首を抜いた。

だが、及び腰で一歩も足が出ない。

「下郎《げろう》め」

黒頭巾は大上段に構え、猛然と斬りつけてくる。

すかさず、虎之介も抜刀し、相手の一撃を阻《はば》んだ。

――がしっ。

火花が散った。

「ぬへっ」

権太と亮次は腰を抜かし、地べたに尻餅《しりもち》をつく。

「うしゃっ」

黒頭巾は袈裟懸けから、中段突きを狙ってきた。

「ふん」

虎之介は憤然《ふんぜん》と弾くと返しの袈裟懸けを見舞う。

「はうっ」

相手の身が、二間近くも飛び退いた。

「ぬふふ、用心棒め。なかなかやりよる」

その声に、聞きおぼえがあった。

頭巾に隠れた顔も、馬のように長い。

「おぬし、不浄役人か」

「ふん、勘の良いやつ。すりゃ……っ」

踏みこみも鋭く、二段突きがくる。

「くっ」

虎之介に余裕はない。

躱しながら反転し、胴斬りを繰りだす。

「猪口才《ちょこざい》な」

一撃を下から弾かれるや、強烈に手が痺れた。

虎之介は小手打ちを避け、大上段に振りかぶる。

「ぬえっ」

すかさず、下段から逆袈裟がきた。

「うぬっ」

躱せぬ。

ずばっと、薄く胸を裂かれた。

と同時に、捨て身の突きを繰りだす。

虎之介の切っ先が、相手の左肩を浅く削った。

「ぐふっ」

黒頭巾は身を離し、一歩二歩と退がりながら叫ぶ。

「権太よ、おれは本気だぜ。いかさま相撲が済んだら、六兵衛の身柄は貰いうける。約定《やくじょう》をたがえれば、てめえの寝首を掻いてやるかんな。おぼえておけ」

手負いの男は捨て台詞を残し、闇の狭間に消えていく。

虎之介には、追い討ちをかける気力もない。

がくっと、片膝を折り敷いた。

「先生、でえじょうぶかい」

亮次が肩を貸してくれた。

「くそったれ、……ひ、ひがみの鉄め」

斬られた傷口が、ずきんずきんと疼きはじめる。

予想以上に手強い相手だと、虎之介はおもった。

十

勧進相撲の初日まで、あと七日。

権太は、金になる六兵衛を匿《かくま》っていた。

隠れ家は虎之介も知っている伊皿子坂下の鴉店だ。

夕暮れに訪ねてみると、長屋の屋根からは炊煙《すいえん》があがっていた。

六兵衛を拾って育てたという老婆は、置物のように座っている。

稲荷のほうからは、どん、どんと、野太い響きが聞こえてきた。

「あれは、てっぽうか」

六兵衛がいる。

御神木の欅相手に、突きと押しの稽古をおこなっているのだ。

六兵衛の周囲では、洟垂れどもが相撲を取っている。

菩薩のおすまも乳飲み子を抱き、微笑むように眺めていた。

権太から使いが寄こされたのか、六兵衛は虎之介を見つけても驚かない。逃げる気配も見せず、そばに近づくまで稽古をやめようともしなかった。

「用心棒ってのは、おめえさんのことかい」

「いかにも。天童虎之介と申します」

「いってえ、おれに何の用だ」

六兵衛は眸子をぎらつかせ、わざと強面を装ってみせる。

三白眼で睨みつけられ、虎之介はにっこり笑った。

「土俵の鬼と称された力士の顔を、いちど見てみたかったんです。権太親分に頼んだら、この場所を教えてくれました」

「何も隠すことはねえや。親分は、腐れ役人とはなしをつけたんだろうぜ。くそったれめ、おれに殺しの濡れ衣を着せやがって。まったく、どいつもこいつも、汚ねえ野郎ばかりだぜ」

「やはり、善助どのを殺めてはおらぬのか」

「あったりめえだ。恩人を殺《や》るかよ」

「だとおもいました」

「えっ」

「善助どのは、わたしの店請人だった。わたしにとっても恩人です」

「そ、そうなのか」

「ご存じのとおり、善助どのは大の相撲好きでした。松風六兵衛のことを、誰よりも気に掛けておりましたよ」

「おめえさん、ただの用心棒じゃねえな……ひょっとして、ここを訪ねてきたお侍《さむれえ》かい」

「いかにも。わたしは善助どのの仇を捜しております。あなたなら、真の下手人に心当たりがあるのではとおもいましてね」

「なるほど、そういうことか」

六兵衛は黙りこみ、しばらくして口を開いた。

「おめえさん、神田川の土手で斬られたんだってなあ」

「さいわい、浅傷《あさで》で済みましたよ」

「相手にも、ひと太刀浴びせたんだろう。亮次のやつが、自慢げに喋っていたぜ」

「向こうも浅傷、いずれ近いうちに決着をつけることになりましょう」

「ほんとうかい、ほんとうに決着をつける気なのか」

「ええ、たぶん」

六兵衛は、じっと見つめる。

「教えてやろう。おめえさんを斬った野郎が、善助を殺めたのさ」

「久能鉄之進ですね」

「ああ」

「でも、どうして、わかるのですか」

「おれはあの夜、善助と口喧嘩をした。いったんは引きあげたが、何やら後味がわるくてな、夜中にまた戻ってみたのさ。そのとき、久能のやつが自身番から出てくるのを見た。血の臭いがしたんでな、あいつが消えるのを待って、番屋を覗いてみた。そうしたら、善助が屍骸《むくろ》になっていやがった。胸に匕首を突きたてた恰好でな」

訴えれば、自分が怪しまれる。

六兵衛は仕方なく、その場から逃げた。

権太に事情をはなし、しばらくのあいだ、鴉店に身を隠すことにしたのだ。

「久能鉄之進が善助を殺めた理由は」

「知るかい、そんなこと」

「それなら、お教えいたしましょう。同じ晩、すぐそばで辻斬りがありました。斬られたのは古着商の加納屋です」

「加納屋なら知っているぜ。久能の金蔓《かねづる》だったはずだ」

「おおかた、賄賂の額が少ないとかどうとか、つまらぬことで揉めたのでしょう」

　殺しの現場に、善助が居合わせた。

　その場はどうにか逃れたが、久能に正体はばれていた。

「つまり、善助は口封じのために殺められたと」

「おそらくは」

　ふうっと、六兵衛は重い溜息を吐く。

「可哀相に。善助もよくよく運のねえ男だぜ」

「ただし、証拠は何ひとつありません。そのはなしを教えてくれたのは、南町奉行所の同心です」

「ふうん」

「信頼のおける方でしてね。六兵衛さんに真実を訴えていただければ、久能鉄之進の悪事も白日の下に晒されましょう」

「ふへへ、おめえさん、本気かい」

「無論です」

「甘すぎるぜ」

「なぜでしょうか」

「いくら信頼していようが、そいつだって不浄役人なんだろう。やつら、仲間を売るようなまねは死んでもやらねえよ」

「たとえ、相手が殺しの下手人でも」

「そうだ。やつらは、みんな同じ穴の狢《むじな》さ。ひと皮剝けば、薄汚ねえ顔をしている。おめえさんは、何ひとつわかっちゃいねえ」

六兵衛に詰《なじ》られても、虎之介は気にしない。

「ひとつだけ、わかっていることがあります」

「何だよ」

「権太は久能に脅され、約定を交わしました。いかさま相撲が済んだら、松風六兵衛の身柄を引きわたすと」

「ほう、そうかい」

平然と応じる六兵衛を、虎之介は不審がった。

「信じないのですか」

「もう、どうだっていいや」

「どうでもいいって、権太はあなたを裏切るつもりなのですよ」

「どうせ、おれはいかさま力士だ。生きている値打ちのねえ男なのさ」

自分を粗末にする六兵衛のことが、虎之介は許せない気分になった。

「善助どのは、あなたが土俵にあがるのを、誰よりも心待ちにしていた。松風六兵衛の雄姿を、夢にまで見ていたのですよ」

「でもな、善助は死んだ。おれを叱ってくれる善助はもう、この世にいねえ。情けねえ相撲取りのことなんざ、みんなすぐに忘れちまうさ」

「あの子どもたちも」

「えっ」

懸命に相撲をとる子どもたちを、虎之介は指さした。

「みんな、あなたを慕っている。松風六兵衛に夢を託しているのですよ」

「夢……」

「さよう。あなたは、子どもたちの夢だ。男の子はみんな、あなたのように強くなりたいと願っている。そして、おすまさんや女の子たちは、あなたの凱旋《がいせん》を待ちのぞんでいる。あなたを慕う子どもたちのためにも、正々堂々と土俵で相撲をとり、強い男の生きざまを見せてやるべきではないのですか」

六兵衛は黙りこみ、唐突《とうとつ》に笑いだす。

「ふはは、おれはもう後戻りできねえ。土俵に這いつくばって、仕舞いにゃ縄を打たれる運命なのさ。さあ、わかったら、二度とおれにかまわねえでくれ」

「そういうわけにはいきません」

「無理なんだよ。まともに相撲のとれるからだじゃねえ。土俵ってのはな、素人《しろうと》がおもうほど甘《あめ》えところじゃねえんだ」

「だったら、もっと必死に稽古をしたらどうなんです。やれるところまでやって、そのさきは運を天にまかせればよいではありませんか」

六兵衛は、眉間《みけん》に皺を寄せる。

「運を天にか」

「善助どのも仰いました。勝負師の顔は、惚れ惚れするほど美しいと。もういちど、むかしの顔を取りもどしてください。どうせ、死なねばならぬ運命なら、悪党どもの鼻を明かしてからでも遅くはありますまい」

「ふん、お気楽なことを言いやがる」

六兵衛はそっぽを向き、貝のように口を閉じた。

これ以上は、何を言っても無駄のようだ。

仕方なく、虎之介は踵を返しかけた。

「待ってくれ」

首を捻ると、六兵衛に潤んだ目を向けられた。

「おめえさん、どうしてそこまで首を突っこむ」

虎之介は真剣な顔で、毅然《きぜん》と応じる。

「わたしは、恩人の仇を討つときめた。たとえ、相手が誰であろうと、その決意は微塵《みじん》も揺るがぬ」

「ふん、意気がりやがって」

と言いつつも、六兵衛は拳《こぶし》を固め、ぶるっと身震いしてみせた。

十一

あっというまに、半月が過ぎた。

勧進相撲、八日目。

初日を迎えてから、ずっと晴天がつづいている。

「お天道《てんとう》さまも、水入りにしたくねえのさ」

相撲好きたちは、口々にそう言った。

電光石火のごとく過ぎた七日のあいだ、虎之介は夢のなかにいるような気分だった。

松風六兵衛は土俵に颯爽《さっそう》と返り咲き、破竹《はちく》の勢いで白星をかさねている。

五人どころか、七人の幕内力士すべてを負かし、本日はいよいよ東の関脇である金剛《こんごう》との取組だ。

平幕の復帰場所で七番つづけての勝ちっ放しも例のないはなしだが、八日目の一番が小結より上位の関脇と当たるのも異例だった。

それもこれも、松風人気によるものと、相撲好きたちはおもっている。

もちろん、裏では悪党どもが蠢《うごめ》いていた。

はたして、六兵衛が実力で連勝街道を驀進《ばくしん》しているのかどうかは、虎之介にもわからない。今日の一番で、こたえは出るはずだ。

いかさま相撲で負けるはずの一番に勝てば、六兵衛の実力は本物と見てよい。

初日までの数日間、虎之介は伊皿子坂下の鴉店へ通いつめた。

毎日、四股を踏む音と、欅を掌で叩く「てっぽう」の音が響いていた。

虎之介は本人に会うのを避け、物陰からそっと稽古の様子を窺った。

初日の一番がはじまったとき、六兵衛の顔は勝負師の顔になっていた。

それからは、あれよあれよというまに白星をかさね、大関をも凌《しの》ぐほどの人気を博すようになった。

虎之介は今、相撲興行の金主でもある権太や手下の亮次とともに、土俵際の砂かぶりに座っている。

回向院の境内に築かれた土俵の周囲には、熱気が渦巻いていた。

桟敷《さじき》には、金満家や華美な装束《しょうぞく》の侍たちが占めている。

女はいない。

だが、黄色い歓声は聞こえてきた。

出番を待つ力士たち目当てに、茶屋の女将や町娘たちが、遠巻きに眺めているのだ。

虎之介には鴉店で応援しているであろう子どもたちの顔が浮かぶ。

菩薩のおすまも、お百度を踏むと言っていた。

――松風、破竹の七連勝。

権太が仕込まずとも、瓦版屋《かわらばんや》は派手に書きたててくれた。
江戸じゅうで、松風六兵衛のことを知らぬ者はいない。
いよいよ、東西から目当ての力士が登場した。
「かたや、金剛」
「こなた、松風」
呼びだしの声に、どっと観客が湧く。
金剛が、ばっと塩を撒いた。
かつては、六兵衛の座っていた東の関脇を張る実力者だ。
相撲賭博で賭けをやる者たちはみな、金剛の勝ちに賭けている。
ただし、判官贔屓《はんがんびいき》の江戸者らしく、心中では松風を応援していた。
「やっちまえ。金剛をひっくり返せ。松風」
亮次も大声で叫び、権太にぎろっと睨まれた。
——どすん、どすん。
四股を踏むたびに、地響きがする。
両者の仕切りが二度、三度と、繰りかえされた。
そして、最後の仕切りにつく。

「八卦よい、のこった」

松風こと六兵衛は立ちあいで遅れ、ふわっと腰を浮かせた。

関脇の金剛はそこを逃さず、どしゃっと頭からぶつかった。

強烈な突き押しだ。

さらには、のど輪を見舞われ、六兵衛は土俵際まで追いつめられる。

「負けろ」

権太がつぶやいた。

何せ、自分も金剛に大金を賭けている。

六兵衛は二枚腰で粘り、徳俵《とくだわら》で踏みとどまった。

「おおお」

歓声があがった。

こいつは本物だと、虎之介は確信する。

六兵衛は土俵中央まで押しかえし、金剛の左上手を引いた。

右四つの左上手、得意の型だ。

金剛は嫌がり、上手を切ろうとする。

「ふおっ」

その瞬間、六兵衛のからだが小山のように盛りあがった。

「うわっ」

何と、金剛の重いからだを吊りあげた。

金剛は両足をばたつかせ、必死に抗《あらが》う。

だが、六兵衛は微動だにしない。

強靭な足腰だった。

まさに、じっと動かぬ木鶏《もっけい》のようだと、虎之介も感嘆する。

「ぬごっ」

六兵衛は吼《ほ》えた。

これまでの人生で味わった苦渋、理不尽なあつかいへの憤懣《ふんまん》、あらゆる口惜しさをぶつけるかのように、金剛を吊りあげたまま、のっしのっしと歩きだす。

「うおおお」

土俵は、地鳴りのような歓声に呑みこまれた。

気がつくと、虎之介も声を嗄《か》らしている。

「やれ、吊りだせ」

六兵衛はまるで、大地を踏みしめる巨人のようだった。

つぎの瞬間、金剛は土俵の外へ抛りなげられた。

回向院の境内は、しんと静まりかえった。

「……か、勝った」

と、権太がつぶやく。

突如、嵐のような歓声が湧きあがった。

かたわらの亮次は、涙を流して喜んでいる。

親分の権太までが、賭けで大損をしたにもかかわらず、手を叩きながら喜びを爆発させていた。

「ふはは、勝った。松風が勝ったぞ」

虎之介も、興奮を禁じ得ない。

土俵を振りあおぐと、六兵衛が虎之介を睨みつけていた。

「まだ、終わっちゃいねえ。明日は大関との一番だ」

もぐつかせた口から、そんな台詞が聞こえてくる。

松風六兵衛の顔は、紛うことなき勝負師の顔であった。

十二

六兵衛は、鴉店に凱旋を果たした。

土俵での快進撃は江戸じゅうの評判になっており、子どもたちはみな活躍を知っている。しかも、明日は東の大関である武蔵山との一番が組まれ、いやがうえにも観客たちの注目を集めることとなった。

長屋全体が喜びに溢れるなか、菩薩のおすまだけは不安げだ。

「何か心配事でも」

虎之介が水を向けると、おすまは曖昧な笑みをつくった。

「大関の武蔵山に勝っちまったら、六さんはどうなるんだろう」

以前の栄光を取りもどし、大名のお抱えになるのではないか。

それはそれでめでたいはなしだが、めったに会うことができなくなる。

鴉店のことも、そのうちに忘れてしまうにちがいない。

「心配《しんぺえ》は無用だぜ。勝っても負けても、おれは引退する」

六兵衛は、達観したように笑いあげた。

「おれはな、関脇の金剛を負かしたことで、針の莚《むしろ》に座らされた。何せ、本気でやっちまったからな」

しろがねの権太には叱責《しっせき》され、大損したぶんの金を返せと迫られたし、賭けに負けた連中は命をも獲《と》りかねない顔で権太のもとへ押しよせてきた。

「でもな、これほど気分の良いことはねえ。権太の親方も、内心じゃ嬉しかったみてえだしな」

ただ、ひとりだけ厄介なのがいる。

不浄役人の久能鉄之進だ。

「あの野郎、大関との一番が終わったら覚悟しておけと、親方に捨て台詞を残していったらしい。けっ、縄を打つってなら、潔《いさぎよ》く打たれてやろうじゃねえか。おすま、そうなったら子どもたちを頼むぜ」

ついでに、虎之介は「骨を拾ってくれ」と頼まれたが、黙ったままこたえなかった。頼まれずとも、やることはきまっている。

いずれにしろ、大関武蔵山との一番は、悪党どもにとって最大の賭け場となる。盛りあげるだけ盛りあげ、仕舞いには負けろと、六兵衛は権太から命じられていた。

万が一、正攻法で挑んで勝つようなことにでもなれば、それこそ、天地がひっくり返ったような騒ぎになるだろう。

虎之介は、亮次からそっと聞かされていた。

大関戦のいかさま相撲は、名を聞けば誰でも知っている千両役者が一発逆転を狙う六兵衛の勝ちに三千両もの大金を賭けたことで成立した。

多くの者は、手堅く大関の勝ちに賭けている。

今日の負けを取りもどそうと、強欲な連中は目の色を変えていた。

権太も「ぜったいに勝ちはねえ。六兵衛が勝ったら、おれも生きちゃいられねえ」と言った。

おそらく、胴元が自分の命を差しださねばならぬほどの大勝負なのだ。

虎之介は「無論、勝ちにいくのでしょう」と、聞いてみたい衝動に駆られた。

だが、六兵衛の顔を見たら、聞く必要もないと感じた。

山清水《やましみず》のように、濁りのない目をしていたからだ。

明日の大一番で、六兵衛は死に花を咲かせるつもりでいる。

大関と勝負できるだけでも本望なのだと、まっすぐな目が語っていた。

どうにかして助けてやりたいと、虎之介はおもった。

大関との一番が終わったあと、縄を打たれるような不名誉だけは避けねばならない。

頼るべきは、半四郎しかいなかった。

十三

今日も江戸の空は快晴となった。

すでに八重桜《やえざくら》も散り、家々の垣根には白い卯《う》の花《はな》が咲きはじめている。

「天下分け目の関《せき》ヶ原《はら》、東の大関武蔵山と平幕松風の大勝負、これを見ずしてなるものかと、江戸雀たちは大はしゃぎ」

瓦版屋の口上が、高らかに響きわたっていた。

大一番をまえに、回向院の境内は熱気と興奮に包まれている。

土俵下の砂かぶりには、半四郎や三左衛門や金兵衛のすがたも見えた。

客はいつもの倍に膨らみ、境内から表通りへはみだしている。

控えから松風六兵衛が登場するや、どっと喝采が湧きおこった。

実力随一と誰もがみとめる大関武蔵山をも凌駕《りようが》する声援だ。

六兵衛の艶めいた肌は、桜色に上気している。

直前まで、ぶつかり稽古をしていたにちがいない。

花道を悠々とすすみ、土俵下にどっかり座りこむ。
腕を組み、かっと正面を睨む。
惚れ惚れする顔だと、虎之介はおもった。
善助があの顔を見たら、さぞかし喜んだにちがいない。
虎之介は向こう正面に目をやり、久能鉄之進を捜した。
いる。
小山のような大関のそばに座り、松風のほうを三白眼で睨んでいた。
調子に乗るんじゃねえぞと、馬面で脅しつけているようにも感じられる。
虎之介は、自分なりに策を練っていた。
あの男を仕留めるには、どうすればいいのか。
半四郎には「我慢だ。無闇に走っちゃならねえ」と、止められている。
「剣の力量は五分と五分だ。あんなやつとやりあって死んだら、元も子もねえぞ」
何と言われようが、あきらめる気はない。
一度こうと決めたら、死んでもやり抜く。
それだけが自分の取り柄なのだと、虎之介はおもった。

いずれにしろ、六兵衛が大関に勝つようなことにでもなれば、土俵上は興奮の坩堝《るつぼ》と化すだろう。

勝ってほしいと、虎之介は心の底から願った。

鴉店の子どもたちはみな、六兵衛を信じている。

自分も六兵衛を信じたい。

「かなた、松風」

呼びだしの声が聞こえてきた。

六兵衛はがばっと立ちあがり、土俵に登っていく。

その背中が、途轍《とてつ》もなく大きく見えた。

対する大関武蔵山は、六兵衛よりもさらに大きい。

のっしのっしと巨熊のように歩み、周囲を圧している。

強固な壁を突きくずすには、死に身でかかるしかない。

ふたりは対峙《たいじ》し、蹲踞《そんきょ》の構えから柏手《かしわで》を打つ。

――ぱん。

心に響く音だ。

さらに、ふたりが「どしん、どしん」と四股を踏むや、尻に凄まじい振動が伝わってきた。
ぴっと、六兵衛の爪先が天に伸びる。
武蔵山は土俵の角へ進み、大きな手で笊から塩を掬《すく》った。
ばっと、浄《きよ》めの塩が撒かれる。
まるで、花吹雪のようだ。
両者は仕切線へ向かい、拳を土について睨みあう。
六兵衛はけっして、目を離そうとしない。
闘志を剝きだしにし、己れを鼓舞《こぶ》する。
勝負は、すでにはじまっていた。
両者は何度かの仕切りを経て、いっそう、気合いを高めていく。
土俵上の気迫は境内一帯を包みこみ、観客の興奮も最高潮に達していた。
虎之介も、高まる感情を抑えきれない。
自分が相撲をとるわけでもないのに、心ノ臓がばくばくしてくる。
かえって、六兵衛のほうが落ちついて見えた。
やはり、勝負師なのだ。
「八卦よい」

行司が、凛然《りんぜん》と発した。

六兵衛は仕切線に両拳をつき、微動だにもしない。

受けてたつ大関のほうはゆったりと腰を落とし、前傾姿勢からおもむろに片腕を伸ばす。

やけに、のんびりしてやがる。

虎之介には、最後の仕切りが永遠にも感じられた。

「はっ」

刹那、両者が立ちあがった。

六兵衛のほうが、わずかに早い。

――どしゃっ。

頭からぶつかった。

六兵衛が大関の胸に頭をつけ、ぐいぐい押していく。

「ぬわあああ」

歓声と悲鳴が、一瞬にして虎之介を包みこんだ。

大関は土俵際で踏みとどまり、逆《さか》しまに押しかえす。

いつのまにか、両者は土俵中央で差し手を争っていた。

四つに組めば、体格で勝る大関優位と言われている。
六兵衛は組まれぬように、両腕を張って突っぱった。
大関は一瞬の間隙《かんげき》をつき、丸太のような脚を飛ばす。
「ぬごっ」
これが蹴手繰《けたぐ》りとなり、六兵衛はつんのめった。
「あっ」
何とか、踏みとどまる。
そこへ、突き押しがきた。
これを機敏にいなし、横褌《よこみつ》に食らいつく。
激しく揺さぶっても、大関は微動だにしない。
石臼《いしうす》のごとき腰だった。
六兵衛の左上手を摑み、ぐいっと引き寄せる。
手練《てだれ》の技だ。
力だけの大関ではない。
だが、上手は浅く、六兵衛は腰を振って逃れる。
重心を低く抑え、ふたたび、大関の胸に頭をつけた。

「八卦よい」

行司が声をひっくり返す。

大相撲になった。

「うぬっ」

大関は体重をかけ、うえから潰しにかかる。

が、六兵衛の強靭な足腰は圧力に耐えた。

双方とも、荒い息を吐いている。

盛りあがったふたりの肩は、激しく波打っていた。

「ぐおっ」

大関が勝負に出た。

――ばしっ。

平手で六兵衛の頬を張り、怯んだ隙に上手を摑む。

そして、一気に寄っていく。

「うわああ」

土俵下から、歓声とも悲鳴ともつかぬ声が湧いた。

六兵衛は抗うこともできず、土俵際まで押しこめられる。

――がしっ。

右の踵《かかと》が、徳俵で踏みとどまった。

「うりゃっ」

巌《いわお》のような大関が、がぶり寄ってくる。

「ぬおっ」

六兵衛は咄嗟に両手で前褌《まえみつ》を掴み、ぐんと両肘を張った。

身を海老《えび》反《ぞ》りに反りかえらせ、大関を自分の腹に乗せる。

「なにっ」

四十五貫目はある大関のからだが、ふわっと浮いた。

「ぐおおお」

六兵衛は渾身の力を込め、うっちゃりにかかる。

ふたつの巨体がひとつになり、土俵下に倒れていく。

――ずごっ。

大関武蔵山は、頭から落ちていった。

わずかの差で、六兵衛の背中が落ちる。

その瞬間、ときが止まった。

水を打ったような静けさのなか、行司の軍配がさっとあがる。

「西だ……か、勝った」

虎之介は、つぶやいた。

渦のような歓声が、どっと湧きあがる。

だが、喜んでいる暇はない。

土俵の向こうから、久能鉄之進が鬼の形相でやってくる。

こちらでは気づく者もおらず、権太と亮次などは肩を抱きあって喜んでいた。

「ふへへ、亮次よ。おれはな、身代すべてを六兵衛に賭けたんだぜ。一世一代の大博打に出て勝ったのよ。これほど痛快なことはあんめえ」

「やったぜ、さすが親分だ」

ふたりは顔を嬉し涙でくしゃくしゃにしながら、万歳《ばんざい》を繰りかえす。

その背後に、久能が立った。

「おい、権太」

怒りで顔を真っ赤にし、声を押し殺す。

「てめえ、覚悟はできてんだろうな」

「へっ」

権太は振りむいた。

その脳天に、鉄の十手が叩きおとされた。

「ひぇっ」

亮次は腰を抜かし、興奮する観客たちに踏みつけられる。

久能はふたりを置きすて、獲物の六兵衛に近づいた。

そこに、虎之介が立ちふさがる。

「待て」

久能を行かせてはならない。

六兵衛の身柄を渡してはならぬ。

「退《の》け、野良犬、退かぬと斬るぞ」

久能は吼え、刀の柄に手を添えた。

虎之介も、さっと身構える。

と、そのとき。

後ろから誰かの手が伸び、がしっと肩を摑まれた。

「虎之介よ、焦るんじゃねえ」

身を乗りだしてきたのは、半四郎だ。

久能もそれと気づき、眉をひそめる。

「南町の八尾半四郎か。何でおめえがここにいる」

「相撲見物さ」

「ふん、手柄の横取りはさせねえぜ」

「手柄ってのは何だ」

「とぼけるな。大家の善助殺しだよ。おめえも、六兵衛を狙ってんだろうが」

「久能のおっさんよ、とんだ見当違いだぜ」

「ほう。だったら、黙って引っこんでな」

「そうはいかねえ。六兵衛の身柄は、おれが預かる」

「何だと。そんな勝手を、おれが許すとおもうのか」

「許そうが許すまいが、そんなことはどうだっていい。善助殺しの下手人は、六兵衛じゃねえんだからな」

久能の顔から、すうっと血の気が引いた。

刀の柄から手を放し、冷静な口調で糾《ただ》す。

「六兵衛じゃねえなら、いってえ誰なんだ」

「ふふ、そいつを言わせるのかい」

「言ってみな。証拠があんならな」

「そんなものはねえ」

「ふふ、やっぱりな」

久能は、ほっとしたように笑う。

「八尾よ、手前勘でものを言ったら、大火傷《おおやけど》するぜ。まあいいや。この場は引きさがってやる。でもな、おめえのやっていることは、命取りになる。そいつを、あとで知るがいいさ」

脅しではない。上役の了解を取りつけ、殺しの疑いのある者を庇った罪で訴える腹なのだろう。

久能はぺっと唾を吐き、たもとを大袈裟にひるがえす。

すぐさま人混みのなかに紛れ、すがたを消してしまった。

「けっ、いけすかねえ野郎だぜ」

半四郎は振りむき、観客たちから揉みくちゃにされている六兵衛を見やる。

つぎは自分が決着をつける番だと、虎之介は胸につぶやいた。

十四

江戸じゅうが、松風六兵衛の話題で持ちきりとなった。

鴉店も喜びに湧きかえったが、六兵衛のすがたはない。

柳橋の夕月楼に匿われている。

半四郎は見栄を切った瞬間、苦境に立たされたようなものだ。

北町奉行所の探索に横槍を入れたとみなされたし、何よりも、殺しの疑いのある者を匿っていることがおおやけになったら、申しひらきができない。

六兵衛を渡せという久能の要求に応じなければ、半四郎自身が重い罪に問われかねなかった。

「そんときは、そんときさ」

侠気《おとこぎ》のある定町廻りは豪胆《ごうたん》に笑ったが、強がりの通用する相手ではなかろう。

半四郎に、これ以上は迷惑を掛けられない。

すべては、自分が疑念を抱いたことからはじまったのだ。

六兵衛を助け、善助の仇を討つためにも、虎之介は久能鉄之進との対決は急がねばならなかった。

毛のような雨が降っている。

勧進相撲が終わった途端、天は涙を流しはじめた。

空は厚雲に覆われ、八つ刻（午後二時）なのに夕暮れのような雰囲気だ。

虎之介は髪が濡れるのもかまわず、日本橋の浮世《うきよ》小路《しょうじ》に足を踏みいれた。

小路の途中にある『百川《ももかわ》』という名の知れた料理茶屋で、久能鉄之進は昼間から酒杯をあげている。どうやら、相撲賭博での負けを埋めあわせするべく、新たな金蔓を摑んだらしい。

「相手は阿漕《あこぎ》な金貸しでござります」

と、教えてくれたのは、夕月楼の金兵衛だった。

虎之介の覚悟を知って、ひそかに助けてくれたのだ。

気《き》っ風《ぷ》の良い百川の女将は廓《くるわ》出身で、日本橋界隈の顔だった。

じつは、金兵衛や三左衛門とは昵懇《じっこん》の仲で、虎之介も面識はある。

青龍《せいりゅう》の鏝絵《こてえ》が彫られた見事な飾り壁が人気を呼び、大名もお忍びで訪れるほどで、本来なら一介の廻り方が呑み食いするようなところではなかった。

金兵衛が裏から手をまわし、悪党どもを誘いこんだのだ。

虎之介は物陰にじっと隠れ、半刻（一時間）ほど待った。

着物はじっとり濡れ、手足も冷たくなっている。
だが、いっこうに寒さは感じない。
胸の奥には、蒼白い炎が燻《くすぶ》りつづけていた。
じっとしていると、雨音にまじって善助の声が聞こえてくる。
――六兵衛のやつを助けてやってくれ。
天の声に、こたえねばならぬ。
虎之介の決意に、揺るぎはない。
やがて、料理茶屋の表口が騒がしくなった。
福々しい女将に導かれ、黒羽織の同心がのっそり顔を出す。
女将はとおりいっぺんの挨拶を交わし、奥へ引っこんだ。
小路に送りだされた客はひとり、駕籠を使う様子もない。
蛇《じゃ》の目《め》もささず、小唄《こうた》を口ずさみながら歩いてくる。
虎之介は、道の前後を見た。
尻端折《しりっぱしょ》りの若者が泥を撥ね飛ばし、久能とすれちがっていく。
雨のせいか、ほかに人影はない。
まいろう。

ゆらりと、虎之介は足を踏みだした。

久能は立ちどまらず、ゆっくり近づいてくる。

ふたりは、五間ほどの間合いで向きあった。

ふんと、久能が鼻を鳴らす。

「野良犬め、性懲《しょうこ》りもなく斬られに来たか」

「善助どのの仇」

「何だと。てめえ、権太の用心棒じゃねえのか」

もはや、用心棒である必要はなくなった。

久能に脳天を割られた権太は、一命こそとりとめたものの、蒲団から起きあがることのできないからだにされた。

「哀れな。あなたは、人の命を粗末にあつかいすぎる」

「権太のことなんざ、どうだっていい。善助は、おめえの何なんだ」

「恩人だ。田舎者のわたしを気遣い、親切にしてくれた」

「ふん、親切にしてもらっただけで、命を張ろうってのか」

「いかにも」

「莫迦か、おめえは。そんなことをしていたら、命がいくつあっても足りねえぜ」

「あなたは、口封じのために善助どのを殺めた。世の中に、これほど理不尽な死に方もない。さぞかし、口惜しかったことだろう。善助どのの恨みを晴らさねば、わたしはこののち、生きる道標を見失う」

「けっ、大袈裟な野郎だぜ。いいだろう。それほど死にてえなら、冥途《めいど》へおくってやらあ」

ずらっと、久能は白刃を抜いた。

虎之介も腰を落とし、大刀を抜いてみせる。

久能は青眼に構え、唾を飛ばした。

「てめえ、流派は」

「会津真天流」

「ふうん、よくわからねえな。こっちは、直心影流の免許皆伝だぜ」

「もとより、存じておる」

真天流の秘技『蜘蛛足《くもあし》』をもって、天誅《てんちゅう》をくださんとす。

虎之介は、みずからを明鏡止水《めいきょうしすい》の境地に導いていった。

草履を脱ぎ、裸足《はだし》の爪先で泥を噛む。

「されば、まいる」

虎之介は、すっと動いた。

「むふふ、おれに勝てるのか」

久能は冷笑を浮かべ、下段青眼に構える。

受けるとみせかけ、上段に構えなおした。

「ふりゃ……っ」

正面の敵を、真《ま》っ向唐竹《こうからたけ》に斬りさげる。

直心影流にある『村雲《むらくも》』という必殺技だ。

この技を予期していたかのように、虎之介は一片の迷いもなく踏みこんでいく。

「すりゃ……っ」

久能の剣にも迷いはない。

上段の一撃は、虎之介の濡れた月代をとらえた。

いや、とらえたかに見えた瞬間、火花が散った。

と同時に、久能は目を瞠る。

「ぬぐっ」

すでに、勝負はついていた。

生唾を呑みこもうとしたのどに、脇差が鍔元《つばもと》まで深く刺さっている。

真天流の蜘蛛足とは、大小二刀を同時に使う二刀流のことであった。

虎之介は村雲の一撃を片手持ちの大刀で弾き、電光石火、左手で抜きはなった脇差でのどを突いたのだ。

「悪党め」

ずぼっと、白刃を抜くや、黒々とした血が噴きだしてきた。

久能鉄之進は驚いたように眸子を瞠り、地べたに顔を打ちつける。

――ぶん。

虎之介は血振りを済ませ、屍骸に背を向けた。

短い立ちあいだったにもかかわらず、引きずる足が鉛のように重い。

辻までどうにか歩いたところで、はたと足を止める。

人の気配を感じた。

目を向ければ、物陰に半四郎が立っている。

「八尾さん」

「おう。失敗《しくじ》ったら骨を拾ってやろうとおもったが、その必要もなかったな」

後始末はまかせておけ、とでも言うように、半四郎は目くばせをしてみせた。

曇天《どんてん》が割れ、道のまんなかに西陽が射してくる。

大通りのほうから、子どもたちの歓声が聞こえてきた。

「ほらな、空を見てみな。善助もあの世で喜んでらぁ」

虎之介には、もはや、応じる気力も残っていない。

ふらついたところを、半四郎が抱きとめてくれた。

「さあ、帰《けえ》ろう。みんなが待ってるぜ」

顔をあげれば、西陽が目に滲《し》みる。

なぜか、涙がぽろぽろこぼれてきた。

拾う神

一

着物から綿を抜いて袷《あわせ》になると、町のいたるところから卯の花の香りがただよってくる。ことに、夜は微風に乗って、京洛《きようらく》の辻に立つ白拍子《しらびようし》のように、芳《かぐわ》しい袖で鼻のまわりを撫でまわす。

清らかで白い卯の花は、おしゃかさまの花でもあった。

「灌仏会《かんぶつえ》も近いな」

神田川に映る月を見つけ、八尾半兵衛はつぶやいた。

甥《おい》の半四郎に誘われて、『夕月楼』の句会に顔を出してきた。

初物の飛魚《とびうお》を刺身にしたり、擂《す》り身《み》にして揚げたものを食べながら、飽きもせずにへぼ句を詠《よ》み、酒も適量を軽く超えてしまった。

家まで送っていくとうるさく言う半四郎を振りきり、ふらつく足取りで土手道をたどっている。

大きな柳が風に揺れ、枝垂れた緑の髪を靡《なび》かせていた。

ふと、木陰から白い腕が伸び、こっちへ来いと手招きしてみせる。

幽霊ではなかろう。

たとえ、幽霊でも恐くはない。

齢《よわい》七十を超えれば、世の中に恐いものなどなくなる。

「うらめしや、手のひら返す辻の君」

へぼ句が口を衝いて出た。

木陰から、厚化粧の夜鷹が顔を出す。

歯のない口をひらき、くくっと笑う。

「なあんだ、提灯《ちょうちん》で餅を搗《つ》く爺さまかい」

夜鷹はあからさまに顔をしかめ、暗がりに消えていく。

「ふん、ふられちまった」

物淋《ものさび》しい気持ちになりながら、左の土手に目をやった。

墨を塗ったように黒い木橋が、神田川に架かっている。

和泉橋《いずみばし》だ。

伊勢津藩《いせつはん》を領する藤堂和泉守《とうどういずみのかみ》の上屋敷に通じるところから、橋の名がつけられた。

その橋を渡らず右に折れ、御徒町通《おかちまちどお》りをしばらく北にすすめば、下谷同朋町の自邸へたどりつく。鉢植えに囲まれた屋敷のなかでは、心根の優しいおつやが首を長くして待っているはずだ。

「おや」

誰かが、和泉橋を南に渡りはじめた。

風体《ふうてい》から推《お》すと、侍のようだ。

かなり酔っているらしく、足許はおぼつかない。

橋のなかほどで欄干《らんかん》に駆けより、川に身を乗りだすや、げろげろやりはじめた。

「ふん、だらしのないやつめ」

つぶやきつつ、橋向こうに目を凝《こ》らせば、侍らしき人影が近づいてくる。

しかも、ひとりではない。

「ひい、ふう、みい」
三人だ。
嘔吐《おうと》している侍めがけ、足早に迫ってくる。
半兵衛の立つ位置からは、かなり離れていた。
だが、痛いほどの殺気を感じる。
三人は、一斉に刀を抜いた。
刺客か。
嘔吐侍が振りむく。
おぼろに霞む月明かりを浴び、白刃が閃《ひらめ》いた。
「覚悟せい」
「やめろ」
半兵衛は叫び、脱兎のごとく駆けだした。
――ぶん。
刃音《はおと》が唸《うな》り、肉を断つ音がつづく。
斬られた侍は声もなく蹲《うずくま》り、痙攣《けいれん》しはじめた。
刺客は血の滴《したた》る刀を提げ、こちらへ迫ってくる。

仲間のふたりも、背後からゆっくり従《つ》いてきた。

半兵衛は橋の風下に佇み、血腥《ちなまぐさ》い臭いを嗅いでいる。

「詮方あるまい」

腹を決めた。

腰に大刀はないが、小太刀は差している。

富田流小太刀の名人でもある浅間三左衛門に手ほどきを受け、筋がよいと褒《ほ》められたほどの腕前だ。

そもそもは、風烈廻り同心だった。

剣術や柔術の心得はある。

日頃から鍛えているので、足腰の粘りにも自信はあった。

三人の刺客は、黒頭巾をつけていた。

どうりで、顔がわからぬはずだ。

「ん、よぼの爺《じじい》ではないか」

さきほど人を斬った首領格が、頭巾の内で笑った。

「そやつも、斬ってしまいましょう」

と、後ろの手下が応じる。

首領格だけが、無造作に間合いを詰めてきた。
与《くみ》しやすいと踏み、あきらかに舐《な》めきっている。
半兵衛は石仏のように動かず、相手との間合いをはかった。
首領格は二間手前で立ちどまり、刀を右八相《みぎはっそう》に持ちあげる。
「念仏でも唱えろ。きぇ……っ」
一閃《いっせん》、白刃が振りおろされた。
と同時に、半兵衛のすがたは消えた。
猫のように素早く、相手の小脇を擦りぬけていく。
「ぬぐっ」
首領格は片膝を折り敷き、ごろんと地べたに転がった。
「あっ」
後ろのふたりが、驚いたように身を乗りだす。
半兵衛は鍔鳴《つばな》りを響かせ、小太刀を納刀した。
相手と擦れちがいざま、抜いていたのだ。
目にも留まらぬ抜刀術であった。
しかも、刃で脾腹《ひばら》を掻《か》かず、峰に返して昏倒《こんとう》させていた。

たじろぐふたりの黒頭巾を面前におき、半兵衛は殷々《いんいん》と声を響かせた。

「仲間を連れて去るがよい。それとも、ここで三人とも屍骸《むくろ》を晒すか」

眼光鋭く威《おど》しあげるや、ふたりは気絶した仲間を引きずり、すごすごと橋向こうへ去っていった。

「ふうっ」

緊張が解け、半兵衛はへたりこむ。

「やはり、歳には勝てぬ」

強がりを吐いたが、正直、ひとり倒すのもやっとだった。

どうにか起きあがり、斬られた侍のもとへ歩をすすめる。

侍は大の字に転がり、虚ろな目で暗闇を見つめていた。

脈を取るまでもない。

肩口から袈裟懸けに断たれ、傷口から夥《おびただ》しい血を溢《あふ》れさせている。

半兵衛は屈みこみ、身元のわかるものはないかと、遺体の懐中をまさぐった。

抜きとった紙入れのなかには、小銭がはいっているだけだ。

月代《さかやき》は剃《そ》っているものの、職にあぶれた浪人にまちがいない。

「ん」

右手に、何かを握っている。

「簪《かんざし》か」

とんぼ玉の銀簪だ。

女房か娘か、あるいは、ほかの誰かに買ってやった品であろうか。

胸が痛んだ。

指を一本ずつ剝がし、簪を拾いあげてみる。

かなり高価な品だ。

月光に翳《かざ》すと、青地に白い花模様の硝子玉《ガラスだま》が煌《きら》めく。

そのあまりの美しさに、半兵衛は唾を吞みこんだ。

二

翌日。

八十八夜の別《わか》れ霜《じも》という諺《ことわざ》もあるように、郊外で種蒔《たねま》きや畑打ちなどの野良仕事が終わりに近づくと、江戸の町は初夏の空気に包まれてくる。

蒼空《あおぞら》には不如帰《ほととぎす》が鳴き、茄子《なす》や飛魚といった初物が店先に並びはじめる。

「耳に沓《くつ》口には烏帽子《えぼし》目に甘茶」

半兵衛はおつやと濡《ぬ》れ縁《えん》に座り、当世流行の川柳《せんりゅう》を口ずさんでいる。

「これは初夏の風物を詠んだものでな、沓手鳥《くつてどり》は不如帰、烏帽子魚は鰹《かつお》のことじゃ。そうして、灌仏会の甘茶は目の病に効く。目耳口で、いやがうえにも夏を実感できると戯《ざ》れたのさ」

なかなかどうして、おもしろい落首《らくしゅ》ではないかと水を向けても、おつやは糸のように細い目を閉じ、こっくりこっくり舟を漕ぎだす。

昨夜は遅くまで、半兵衛の帰りを待っていた。

いつもと異なる様子に気づきながらも、遅くなった理由を問うこともせず、朝まで一睡もできなかったツケがまわってきたのだ。

「すまなんだな」

半兵衛は膝で躙《にじ》りより、己れの羽織を脱いで肩に掛けてやる。

おつやは武家の女ではない。千住《せんじゅ》の旅籠《はたご》で宿場女郎をしているところを見初《みそ》め、半兵衛がなかば強引に連れてきた。長年連れ添った妻女を亡くし、子宝にも恵まれず、独り寝の淋しさを味わっていたときのはなしだ。

出会ってから、早いもので八年も経ってしまったが、おつやを家に迎えた日のことは鮮明におぼえている。

「あのときから、わしの運気も昇り調子になった」

今では『下谷の鉢物《はちもの》名人』として知られ、悠々自適の余生を送っている。

心配の種だった甥の半四郎も、菜美という気立てのよい娘を娶り、跡継ぎができるのを待つだけとなった。

枯れてよい齢であるにもかかわらず、若侍のように熱い血を滾《たぎ》らせている。

かつては『落としの半兵衛』の異名で呼ばれ、悪党どもから恐れられた。

頭に霜を置いた老人になっても、風烈廻り同心の気骨は失っていない。

世の中にはびこる悪を、黙って見過ごすことができぬ。

性分なので、こればかりは治しようもない。

半兵衛は袖口に手を入れ、とんぼ玉の銀簪を取りだした。

「なぜ、あやつは、これを後生大事に携えておったのだ」

ぼそっとつぶやいたところへ、人の気配が近づいてくる。

おつやが、ふっと目を醒ました。

簀戸《すど》を抜けて中庭にあらわれたのは、甥の半四郎だった。

「はい、これ。おつやどのに塩瀬《しおせ》の饅頭《まんじゅう》を買ってまいりました」

「ふん、さようか」

甥の気遣いが照れくさいのか、半兵衛はつまらなそうに相槌《あいづち》を打つ。

おつやは丁寧に礼を述べて奥へ引っこみ、酒肴《しゅこう》の支度をしはじめた。

大柄の半四郎が濡れ縁に尻を下ろすと、半兵衛はさっそく問いかけた。

「どうであった。ほとけの身許はわかったか」

「はい」

半四郎は誇らしげに胸を張り、亡くなった父親の代わりでもあり、捕り方の先輩でもある伯父を見つめた。

「姓名は一条蓮之介《いちじようれんのすけ》、齢は三十三、伊勢は津藩の元藩士にございました」

「ふうん、藤堂家の元陪臣《ばいしん》か。ようわかったな」

絵師に似面絵《にづらえ》を描かせ、それを手にして両国辺りを聞いてまわったところ、幸運にも米沢町《よねざわちよう》で侍がよく顔を出していた居酒屋を見つけた。

「居酒屋の親爺が、ほとけの素姓を知っておりました」

「なるほど」

そもそも、一条は藩の勘定方をつとめていたが、とある出来事を契機に役目を辞し、藩籍も離れて浪人身分となった。

「とある出来事とは」

「上役の横領に加担したとみなされ、詮議《せんぎ》によって無実があきらかとなったにもかかわらず、みずから身を引いたのだとか」

「潔《いさぎよ》い男じゃな」

「真偽《しんぎ》のほどはわかりません。なにせ、本人が親爺に語ったはなしですからね」

「家族は」

「妻と幼い娘があったそうです。勘定方として国許に身を置いていた二年前、流行病《はやりやまい》でふたりとも亡くしてしまい、生きる気力を失ってしまったようです。江戸に流れて死に場所を探しているが、なかなか見つからないと、いつも泣きながら酒を啖《くら》っていたとか」

「ふん、泣き上戸《じょうご》か」

駒込《こまごめ》辺りの裏長屋に住みながら、うらぶれた暮らしを送っていたが、昨夜、何者かの手で討たれた。屍骸は津藩の下役人《したやくにん》に面通しさせたあと、無縁仏として葬られる手筈だという。

哀れと言えば、哀れな生涯であった。

おつやが酒肴を盆に載せ、音もなく戻ってくる。

肴は蛤《はまぐり》の千鳥焼《ちどりやき》、それと茄子の鴫焼《しぎやき》だ。

香ばしい匂いにつられて、半四郎は生唾を呑む。

「おっと、桑名《くわな》の焼き蛤でござるか」

「桑名の名物は、剝き身を煮た時雨《しぐれ》蛤《はまぐり》じゃ。土地の者は焼いた蛤を食べぬゆえ、その手は桑名の焼き蛤と洒落たのさ」

「さすが伯父上、何でもよくご存じで。さ、どうぞ」

半四郎に酒を注がれ、半兵衛は相好《そうごう》をくずす。

「ま、それにしても、よくぞ調べた」

「お褒めいただくとは、めずらしい」

「肝心なのは、ここからじゃ」

勇んだ気持ちに、半四郎は冷水を浴びせかける。

「伯父上、おことばですが、これ以上の探索は無用になされたほうが」

「どうして」

「刺客は、黒頭巾をかぶった侍三人と仰《おっしゃ》いましたな」

それが津藩藤堂家に関わる連中だとしたら、町奉行所の縄張りを越えた案件となる。

「つまり、雄藩の威光に負け、何もせぬうちにあきらめよと申すのか」

「負けるとか、あきらめるとか、そういったはなしではありません」

大名家と陪臣の不祥事《ふしょうじ》は大目付の領分なので、一介の町方風情が首を突っこむことはできないと、半四郎は主張する。

「ふん、偉そうに。おぬしなんぞに頼まぬわ」

半兵衛は憎まれ口を叩き、盃を沓脱石《くつぬぎいし》に叩きつける。

粉々になった破片を浴びても、半四郎は負けていない。

「お歳なのですから、自重していただかねばなりませぬ」

「うるさい、去《い》ね。おぬしの顔など、金輪際《こんりんざい》、見たくもないわ」

「されば、失礼つかまつる」

半四郎はくるっと踵を返し、肩をそびやかしながら去っていった。

平皿のうえでは、おつやがせっかく焼いた蛤と茄子が冷めている。

半兵衛は怒りで顔を赤くさせながらも、みずからの頑迷《がんめい》さを持てあました。

三

半四郎に尻《けつ》を捲《まく》ってみせたものの、やはり、ひとりでは心もとない。

喧嘩相手の浅間三左衛門を頼ってみようと、魚河岸の裏手にあたる照降長屋へ足を延ばした。

運が良ければ、女房のおまつにも会えるかもしれない。

もともとは日本橋に店を構えた糸屋の娘、周囲をぱっと明るくする朗《ほが》らかさと品の良さは生来のもので、半兵衛も会えば元気になる。長屋暮らしになってから重ねてきた苦労が艶《つや》となり、笑った顔やちょっとした仕種を目にするだけでも嬉しくなってくる。

半兵衛は木戸番の親爺に会釈して木戸門を潜り、駆けまわる洟垂《はなた》れどもを避けながら、どぶ板を踏みしめた。

三左衛門の部屋を訪ねてみたが、誰もいない。

「留守か」

がっかりした。

まあ、仕方ない。

おまつは仲人稼業でいつも飛びまわっており、十五のおすずは表通りの呉服屋へ奉公に出ている。ただ、ふたりが留守なのはわかるが、子守りと内職の絵付けくらいしか能のない三左衛門がいないはずはなかった。

「子守り侍め、どこに行きおった」

ひとりで怒っていると、洗濯女のおせいが声を掛けてきた。

「おや、下谷のご隠居さま。浅間さまなら、おられませんよ」

おせいが手を引いているのは、乳飲み子のころから三左衛門の背に負ぶわれていた娘のおきちだ。

「ずいぶん見ぬまに大きゅうなったな、その娘」

「おきちですよ。六つになりました」

江戸が鉄砲水に洗われた文政七年の皐月《さつき》、おまつが苦しみながらも屋形船《やかたぶね》のなかで産んだ子だった。

三左衛門にとってみれば、目に入れても痛くないほど可愛い娘だ。

「ふふ、賢《かしこ》そうな顔をしておる」

半兵衛は屈み、指で餅のようなほっぺたを突っつく。

おきちは瞬きもせず、じっと半兵衛の皺顔を見つめ、唐突に「猿」と叫んだ。

「何じゃと、わしが猿にみえるのか」

おせいが、歯を剝《む》いて笑った。

「ご隠居さま、子どもは正直ですからねえ」

「ふん、小賢《こざか》しい娘め。ところで、三左衛門はどこにおる」

「何でも、剣術のご指南役を頼まれたとかで」

神田岩本町《かんだいわもとちょう》は弁慶橋《べんけいばし》を渡ったさきの町道場へ通いはじめたらしい。

「大きな桐の木が目印のお屋敷だそうですよ」

半兵衛はおせいに礼を言い、おきちの頭を撫でると、どぶ板をまた踏みしめ、照降長屋をあとにした。

弁慶橋は藍染川《あいぞめがわ》に架かる橋で、形状が一風変わっている。

鉤《かぎ》の手に曲がった川の流れにあわせて、通行人を横と斜めに渡らせるべく、橋が筋交《はすか》いに架けられており、あまりに珍妙なかたちなので、わざわざ橋を渡るためだけに訪れる者もあるほどだった。

半兵衛は弁慶橋を渡り、おせいに教えられたとおり、松枝町《まつがえちょう》の一角へ踏みこんだ。

なるほど、大きな桐の木の植わった向こうに、道場らしき武家屋敷が見える。

「いや……っ」

「とあ……っ」

聞こえてくるのは、疳高《かんだか》い女たちの声だ。

「妙だな」

冠木門を潜り、遠慮がちに道場を覗いてみると、紺袴を着けた女たちが大勢で竹刀《しない》を振っている。

女たちのまんなかでは、瓜実顔《うりざねがお》の三左衛門が短い木刀を使って型を披露していた。

「けっ、おなごだらけではないか」

首を亀のように伸ばしていると、三左衛門がこちらに気づいた。

憲法黒《けんぼうぐろ》に染めた袴の股立《ももだち》を取って、そそくさと近づいてくる。

「これはまた、下谷のご隠居ではござらぬか。どうして、ここが」

「洗濯女に聞いたのさ」

「なるほど、おせいさんか」

「まさか、おなご相手に戯《たわむ》れておるとはな」

「戯れておるようにみえますか」

「ああ、みえる」

「正直、拙者も最初は面食らいました。小太刀はおなごが修めるものとは申せ、ここまで人気があろうとは」

物騒な世の中ゆえ、女たちも自分で身を守らねばならない。

裏を返せば、頼り甲斐のある男たちが減った証左でもあり、半兵衛は嘆かわしい気分になった。

三左衛門によれば、居酒屋で意気投合《いきとうごう》した道場主がたまさか富田流小太刀の看板を掲げており、かつて上州《じょうしゅう》一円で『眠り猫』の異名を取った三左衛門の剣名を知っていた。是非《ぜひ》にと額《ぬか》ずかれ、小銭稼ぎに小太刀指南をやりはじめたというのだ。

「ぬふふ、ご覧のとおり、武家のご息女から町娘まで、よりどりみどりでござる」

「ふん、鼻の下を伸ばしおって」

「羨《うらや》ましいなら、素直にそう仰ればよい」

「羨ましいはずがなかろう。莫迦たれめ」

「莫迦たれとは心外ですな。門弟たちに聞こえもわるい」

「門弟だと。おなごどもがか」

「そうですよ。歴《れっき》とした剣士の卵たちを莫迦にしてはいけません」

「いったい、どんな技を教えておるのじゃ」

「きわめて理に適《かな》った技でござる。たとえば、二尺五寸の刀を持った侍と対峙したといたしましょう。おなごが一尺そこそこの小太刀で対抗するには、抜き際に生じる一瞬の隙を狙うしかありません。素早く飛びこみ、小手を落とすのでござる」

「抜かせてしまったら、どうする」

「あきらめるしかないでしょうな。ただし、ひとつだけ手が」

「ほう、それは」

「わたしが長年の修行のすえに編みだした秘技ゆえ、只《ただ》では教えられません」

「秘技だと。どうせ、はったりであろうが」

「お疑いなら、教えて進ぜましょう」

三左衛門は手にした短い木刀を片手持ちに構え、上段に振りかぶる。

「ねりゃ……っ」

鋭い踏みこみとともに面前まで迫ると、振りかぶった木刀をすっと投げた。

「ぬわっ」

半兵衛は仰け反って避け、尻餅をつきそうになる。

つぎの瞬間、三左衛門は息の掛かる間合いまで近づいていた。

そして、いつのまに手にしたのか、守り刀の刃を半兵衛の首筋にあてがう。

「いかがです、おわかりになりましたか。相手に抜かせたら、小太刀を投擲《とうてき》するしかありません。ただし、そっちは囮《おとり》です。外れても、あらかじめ別の得物を握っておれば、相手の喉《のど》を掻っ切ることができる」

「くだらぬ。邪道の一手にすぎぬわ」

「命の取りあいに、邪道も糞もございますまい。おなごが身を守るためには、作法や定法は要らぬのです」

一理あるなと、半兵衛はおもった。

三左衛門は身を離し、丁寧にお辞儀をする。

「ご無礼をお許しください。ところで、何か御用でも」

どうやら、昨夜の顚末《てんまつ》を半四郎から聞かされていないようだ。

半兵衛は眉間に縦皺を刻み、不機嫌そうに鼻を鳴らした。

「ふん、おぬしの腑抜《ふぬ》け顔を見たら、喋る気も失せたわ」

「それなら、早々にお引きとりを。拙者とて、年寄りの茶飲み話につきあうほど暇ではない」

「何だとこの、うらなり瓢簞《ひょうたん》のヒモ男め」

「そっちこそ、死に損ないの耄碌爺《もうろくじじい》め」

こうなれば、売り言葉に買い言葉、半兵衛は意地でも頼まぬと心に決め、道場に背を向けた。

冠木門を潜ると、何事もなかったように、女たちの疳高い声が聞こえてくる。

一抹の淋しさを感じたものの、半兵衛は意地でも振りかえるまいとおもった。

「さて、どうする」

つぎに訪ねるあてがあるとすれば、柳橋の夕月楼だが、昨晩も只酒を喰《くら》ったばかりなので、楼主の金兵衛を頼るのは気が引ける。

半四郎や三左衛門も日頃から世話になっているので、なおさら頼みづらい気持ちになったが、背に腹はかえられず、気づいてみれば柳橋までやってきた。

夕月楼の敷居をまたぐと、顔見知りの番頭が応対してくれた。

金兵衛は商用で今朝早く上方《かみがた》に発《た》ったので、半月は江戸に戻ってこないという。

そういえば、昨夜も旅のはなしを聞いたような気がする。

道中の無事を祈って、みなで水盃を交わしたのだ。

「すっかり、忘れておったわい」

忘れたのは歳のせいか、それとも酒のせいか、いずれにしろ、半兵衛はがっくりと肩を落とすしかなかった。

金兵衛の子飼いで御用聞きの仙三についても、番頭は所在を知らず、見つけようがない。

こうなると、頼るべきは、鎌倉河岸の裏長屋に住む天童虎之介しかいなくなった。が、半兵衛からすれば、虎之介は「不器用な若造」にすぎず、剣は多少できても探索に不向きなことはわかっていた。

わかってはいても、藁《わら》をも摑むようなおもいで訪ねてみると、隣に住むおそでという娘が顔を出し、虎之介は流行《はやり》の風邪に罹《かか》ってしまい、高熱を出して寝込んでいるとのことだった。

なるほど、閉めきった腰高障子の外まで、饐《す》えた臭いがただよってくる。

厄介な風邪を伝染《うつ》されても困るので、半兵衛は足早に退散するしかなかった。

疲れきったからだを引きずり、下谷同朋町の自邸に戻ってきたころには、西の空が目に染《し》みるような夕焼けに変わっていた。

半兵衛はほっと溜息を吐き、蔦《つた》のからまる自邸の冠木門を潜った。

四

翌朝、死んだ男のことを自分で調べる決意を固め、半兵衛は浅草の黒船町《くろふねちょう》へやってきた。

蔵前大路《くらまえおおじ》の北端に、巾着切《きんちゃくきり》の巣がある。

小悪党どもを束ねる藪睨《やぶにら》みの卯吉《うきち》には、十手持ちのころに助けてやった恩があった。

卯吉は義理堅い男で、盆暮れには旬の食べ物を携えて挨拶にくる。

表向きは香具師《やし》の元締めで通っており、間口のひろい一軒家を構えていた。

訪ねてみると、幸運にも卯吉はいた。

固太りのからだつきで、綽名《あだな》どおり、目つきはわるい。

だが、半兵衛を見つけると、心の底から打ちとけてみせた。

「こりゃおめずらしい。初鰹が手にへえったら、さっそくお伺いしようとおもっていたやさきで」

「そうかい。いつもすまぬな」

「とんでもねえ。あっしは、旦那に山より重い恩義を感じているんでさあ。ところで、今日はどうしなすったので」

「おめえに聞きてえことがあってな」

半兵衛は袖口から、とんぼ玉の銀簪を取りだした。

「こいつを作ったやつに、おぼえはねえか。指自慢のおめえなら、知ってんじゃねえかとおもってな」

「よしてくだせえ。あっしはもう、そっちの稼業からは足を洗ったんだ」

言い訳しつつも、卯吉は目を輝かす。

「ちょいと、ごめんなすって」

簪を手に取り、とんぼ玉を光に透かしてみたりする。

そして何度もうなずきながら、簪を返してよこした。

「どうだ、わかったかい」

「へい。とんぼ玉を細工したやつなら、たぶん」

「教えてくれ」

「ご案内してさしあげやしょう」

卯吉は千筋《せんすじ》の着物を羽織り、黒足袋《くろたび》に雪駄《せった》をつっかけて外へ出た。

向かったさきは筋違橋《すじかいばし》手前の神田花房町《はなぶさちょう》、さほど遠くでもない。

薄暗い露地裏は、朝っぱらから淫靡《いんび》な空気に包まれている。

このあたりは、江戸でも名の知られた陰間の巣窟《そうくつ》だ。

「まさか、陰間じゃあるまいな」

「へへ、じつはそうなんで。おひとりじゃ行きにくかろうとおもいまして、ご案内申しあげたんでやすよ」

陰間には手先の器用な者が多く、女物の髪飾りや帯留《おびどめ》などの装飾品づくりを生業《なりわい》にする者もあった。

「とんぼ玉に穴を穿《うが》つなあ、けっこう難しいんでさあ。高価な硝子玉なら、なおさら傷つけるわけにゃいかねえってんで、きちっとした細工のできるやつのもとへ仕事が集まってくる」

「そいつが陰間とはな」

「なにせ、玉の扱いにゃ馴れておりやす。げひょひょ」

卯吉は野卑《やひ》に笑い、袋小路のどんつきで足を止めた。

「ここでさあ」

陰間の名は玉三郎《たまさぶろう》、近頃はみずから客を取らず、若衆髷《わかしゆまげ》の陰間を何人か雇って見世を切り盛りしているらしい。

板戸を敲《たた》くと、四角い顔の大男がぬっと首を差しだした。

「玉三郎かい」

「あっ、藪睨みの元締めじゃございませんか」

「ちょいと、いいか」

「何ざんしょう」

玉三郎は見世のなかに誘わず、自分から外へ出てきた。

丈《たけ》で六尺を超える偉丈夫《いじょうふ》だが、女物の派手な着物を羽織り、安価な白粉《おしろい》の匂いを振りまいている。

やはり、陰間なのだ。

半兵衛にたいして、用心深そうな目を向けてくる。

「そちらは、陰間にはご用のない方でござんしょう。見りゃすぐにわかりますよ」

「心配《しんぺえ》はいらねえ。こちらはおいらの大恩人でな、八尾半兵衛さまだ」

「八尾半兵衛って名、聞いたことがある」

玉三郎は、ぱんと膝を叩いた。

「おもいだした。死んだ先代に聞いたことがある。もしかしたら、落としの半兵衛と恐れられた風烈廻り方の旦那じゃござんせんか」

半兵衛は頭を掻いた。

「おおむかしのはなしさ。今はただの爺だ。おぬし、この銀簪に見おぼえはないか」

とんぼ玉の銀簪を取りだすと、玉三郎はちらりと見ただけで目を逸らす。

「あたしが細工したお品ですけど。それが何か」

「納めたさきを教えてくれ」

勢いこむ半兵衛を制し、玉三郎は低い声を発する。

「浅草寺は仲見世《なかみせ》通《どお》りの『嶋田屋《しまだや》』さんですよ。つい、五日ほどまえに納めたものでしてね」

「ほう、そこまでわかんのか」

「自分でやった仕事ですから。嶋田屋さんに同じ型のお品を納めて、もう五年になりますよ」

「長いな」

「けっこう売れるんだそうです。高いわりにはね」

「えらいもんだ。ありがとうな」

ぺこりと頭をさげると、玉三郎は顔を赤らめた。

「よかったら、遊んでいかれませんか」

「すまぬが、そっちの趣味はないのでな」

半兵衛は丁寧に断り、卯吉をともなって、さっそく浅草寺をめざした。

雷門を潜ってしばらく参道を行くと、見世先に色とりどりの簪を並べた嶋田屋はすぐに見つかった。

痩せた主人に玉三郎の細工した簪を見せると、買った客のことを教えてくれた。

「駒込片町《こまごめかたまち》のご浪人ですよ。何でも、好いたおなごが欲しがっていたお品とかで。一両一分一朱の一並びで値をつけておりましたが、一朱足りないから引いてほしいと粘られて、仕舞いには根負けいたしました」

浪人の手土産にしては、値が張りすぎる。

渡そうとした相手を、よほど好いていたのだろう。

「それで、浪人の名は」

だめ押しで聞いてみると、主人は奥へ引っこみ、帳簿を捲りながら戻ってきた。

「ええっと、一両一分のご浪人はと……あっ、ござりました。亀木庄介《かめきしょうすけ》と仰るお武家さまです」

「亀木庄介だと」

半兵衛は懐中に手を突っこみ、半四郎が置いていった「一条蓮之介」の人相書を取りだした。

「この男か。ようく見てくれ」

「へえ、まちがいござりません」

主人は何度もうなずき、人相書の男こそ亀木庄介だと言った。

とりあえず駒込片町の所在を聞き、半兵衛と卯吉は参道を戻った。

五

浅草から駒込までは遠い。

それでも、卯吉は嫌な顔ひとつせずに従いてきてくれた。

半兵衛の身を案じてのことだ。

道中、和泉橋での出来事をはなして聞かせると、卯吉はできることは何でも手伝うと約束してくれた。

駒込に着くころには、日没が近づいていた。

——どん、どん。

遠雷《えんらい》のように聞こえてくるのは、飛鳥山のほうで大筒《おおづつ》を撃つ号砲であろうか。

江戸に集まる全国六十余州の大名たちは、卯月の吉日を選んで鉄砲の試し撃ちをおこなう。この時季ばかりはお咎めもないので、外様《とざま》の雄藩で大筒を撃たせる豪傑がいてもおかしくはない。

日光御成道《にっこうおなりみち》の左手には、杏子色《あんずいろ》の大きな夕陽がある。

亀木庄介が住んでいたという長屋は、どこにでもあるような棟割長屋だった。

木戸門の左脇に自身番が建っており、なかば開いた戸口から覗くと、白髪頭《しらがあたま》の大家が小机のまえでうたた寝をしている。

「ごめん。ちと、ものを尋ねたい」

疳高い声を発すると、大家は充血した眸子をこじあけ、嗄れた声をしぼりだす。

「何かご用で」

「亀木庄介という浪人が、この長屋に住んでおると聞いたのだが」

「はあ。そういえば、おったかもしれません」

「おい、こら。はぐらかすでない」

「この五日ほど、すがたを見かけておりませぬが。店賃も滞っておりますし、そろりと店立《たなだ》ての談判《だんぱん》でもせねばならぬところで」

「その必要はない。亀木は死んだ」

「げっ、今何と」

「おぬしの店子は死んだと申した。一昨日の晩、神田川に架かる和泉橋のうえで、黒頭巾の侍に斬られたのじゃ」

「……ま、まさか、亀木さまが」

さきほどとは打って変わり、大家はみっともないほどうろたえた。

蒼褪《あおざ》めた顔で、ぶるぶる震えだす。

「親しい仲だったようじゃな」

「好いお方でした。毎日のように、茶飲み話をしにきてくれました」

亀木は一年余りまえ、ふらりと長屋にあらわれた。

気さくな性分に惚れ、大家が店請人となって部屋を貸したのだ。

「ある晩、酔った勢いで、不幸な身の上話を聞かされましてね。ご内儀と幼い娘さんを流行病で亡くしたときから、魂の抜け殻になってしまったのだと仰いました。わたしはそのおはなしを聞き、えらく同情いたしましてね、うっかり余計なことを口走ったのでございます」

白山権現《はくさんごんげん》の裏手に岡場所がある。気晴らしに行ったらどうかと、女郎買いをすすめてしまったのだという。

数日後、亀木はさっぱりした顔で自身番にあらわれた。

「女郎屋を訪ねてみたら、たまさか同郷の娘がおり、不幸な身の上話を聞かされたあげく、情にほだされてしまった。二度と誰かに心を許すことはないとおもっていたが、その娘が自分に生きる希望を与えてくれた。世の中、捨てる神あれば拾う神ありとは、よく言ったものだと、亀木さまはそのように仰ったのでございます」

女の名は『おゆい』という。

源氏名かもしれない。

いずれにしろ、高価な簪の行きつくさきだったにちがいない。

半兵衛は袖口に手を入れ、とんぼ玉の銀簪をぎゅっと握りしめた。

六

大家によれば、亀木庄介は女郎屋の下足番や湯気の釜焚《かまた》きまでやり、岡場所へ通う金を稼いでいたという。そして、おそらくは、おゆいという女のために、とんぼ玉の銀簪を仲見世で買い求めたが、手渡す直前に斬られたのだ。

人違いだったのだろうか。

たとえ、そうであったにしても、疑念は残る。

亀木は両国の居酒屋で、みずからを「一条蓮之介」と名乗っていた。

別人になりすまし、そのせいで命を落としたのならば、浮かばれないはなしだ。

かたわらの卯吉も、すっかり考えこんでしまっている。

「どうにも、わけがわかりやせんぜ。斬られるために名を変える。そんなことって、あるんでやしょうかね」

「斬られることなど、知らなかったのさ」

ただ、亀木は金が欲しかった。とんぼ玉の銀簪を買う金が欲しかった。だから、危《あや》ういと承知のうえで「一条蓮之介」になりすますことを引きうけたのだ。

「いってえ、誰にはめられたんでやしょうね」

「わからぬ。本物の一条蓮之介かもしれぬ」

「なるほど」

「ともかく、おゆいというおなごをあたってみよう」

「へい」

卯吉は、御用聞きのような顔で返事をする。

訪ねるさきが岡場所だけに、心強いかぎりだ。

白山権現の裏手に達したころには、とっぷり日も暮れていた。

軒行灯《のきあんどん》が点々と灯るなかに、大家から教えられた女郎屋があった。

呼びこみらしき年増が、所在なげに歩きまわっている。

宵の口のせいか、客はおらず、どの部屋も閑古鳥《かんこどり》が鳴いている。

卯吉は遊び人を装って近づき、年増の耳に何やら囁き、小銭を握らせた。

はなしはすぐにまとまり、巾着切の親方はいそいそと戻ってくる。

「あの年増、吹っかけてきやした。ひと切り、一朱だそうで」

「詮方あるまい」

「あっしは、外で待っておりやす」

卯吉に背を押され、半兵衛は重い足を引きずった。

ふと、おつやの顔が浮かんでくる。

別に裏切るわけではないし、女の裸を見て猛《たけ》りたつ歳でもない。

何をするわけでもないが、敷居をまたぐことに罪深さをおぼえた。

「ままよ」

安い白粉の匂いが鼻を衝く。

狭い廊下を渡り、蒲団部屋のようなところへ案内された。

「では、ごゆるりと」

去っていく年増の背を見送り、爪先を部屋に入れる。

罅割《ひびわ》れた壁を背にして、おもったよりも若い娘が待っていた。

「おゆいと申します」

三つ指をつく仕種も、どことなくあどけない。

岡場所の女にしてはふっくらしており、はっとするような美人ではないが、微笑むと愛嬌のある顔になる。

「わしは半兵衛と申す。ご覧のとおりの耄碌爺でな、提灯でもって餅を……」

挨拶がわりに和《なご》ませてやろうとおもったら、白い手で口をふさがれた。

不意に迫った女の色香に、くらりとする。

「お黙りなさい。お遊びに来られたのでしょう」

妖しげな流し目を送られた途端、すうっと気持ちが萎《な》えた。

「すまぬ。わしは遊びにまいったのではない。おぬしに、ちとはなしが聞きたくてな」

「おはなし」

「さよう。亀木庄介のことを聞きたい」

名を出すや、おゆいは身を引いた。

「どうしたのだ」

「ご隠居さま、遊ぶ気がないなら、お帰りはあちらですよ」

「待ってくれ。線香一本ぶんでよい。亀木のことを教えてくれ」

「ただのお客ですよ」

おゆいは重い溜息を吐き、身の上話をしはじめる。

「わたしの母は、熊野比丘尼《くまのびくに》でした。幼いわたしの手を引いて諸国を経巡《へめぐ》っては、厄除けの熊野《くまの》牛玉宝印《ごおうほういん》を売り、曼荼羅《まんだら》の絵解きをしたり、簓《ささら》を摺《こす》って唄ったりしながら、喜捨《きしゃ》を集めておりました」

母が亡くなったのは十三のときで、それからは食うや食わずの暮らしをつづけ、やがて、宿場で春をひさぐようになった。苦労の果てにたどりついたのが、白山権現裏の岡場所だった。

「と、そうした身の上話をしてさしあげたところ、亀木さまはいたく感じ入ったようで、三日とあげずに通ってきてくださいました。だけど、ここのところはとんとご無沙汰《ぶさた》で。どうせ、飽きちまったんでしょう」

「いいや、飽きてなどおらぬ。亀木庄介は、おぬしを『拾う神』だとおもっておったのじゃ」

「拾う神」

小首をかしげるおゆいにたいし、半兵衛は優しく問うた。

「あやつの身の上話は聞かなんだのか」

「お聞きしましたよ。ご内儀と幼い娘さんを流行病で亡くしてしまわれたとか。まあ、どこにでもあるような不幸話ですけど」

「それはそうかもしれぬ。されどな、亀木は生きる支えを失い、流木も同然に江戸へ流れついた。そして、幸運にもおぬしに出会い、光明《こうみよう》を見出したのじゃ。もう一度生きてみようと、亀木はおもったのさ」

「ふん、女郎に懸想《けそう》してどうなるってんです」

おゆいは投げやりな口調で言い、目を宙に泳がせる。

半兵衛は、ぼそっと言った。

「いずれは、身請《みう》けしようとおもっていたのかもしれん」

「それがほんとうなら、よほど能天気《のうてんき》な世間知らずですよ。女郎ってのは、客を騙してなんぼの商売ですからね」

「わしもそうおもう」

「え」

「おぬしの申すとおりじゃ。よほどのことでもないかぎり、岡場所の女が客に情を移すわけがない。亀木もわかっていたはずじゃ。それでも、よかったのさ。かりそめの情けでも、不幸な男が縋《すが》りつくには充分だったのかもしれぬ」

部屋のなかは、深い沈黙に包まれた。

半兵衛は亀木の死を伝えるかどうか迷ったすえ、黙っておくことにした。

袖口に手を入れ、とんぼ玉の銀簪を取りだす。

「あっ」

簪を見るなり、おゆいは身を強張《こわば》らせた。

「……そ、その簪は」

「欲しがっていた品ではないのか」

おゆいは、こっくりうなずいてみせる。

母といっしょに護符《ごふ》を売りあるいていたころ、浅草寺の仲見世で目に留めたものだという。

「もう、何年もまえのはなしですけど。嶋田屋さんの見世先に屈んでは、飽きもせずに眺めておりました」

曰《いわ》くのある簪だった。

「そのはなし、亀木にはしたのか」

「はい」

「それでわかった。おぬしに渡してほしいと、言付《ことづ》かってまいったのじゃ」

「亀木さまが、その簪をお求めになったのですか」

「ほかに、誰がおる」

半兵衛は一抹の負い目を感じつつも、嘘を吐きとおそうとおもった。

おゆいは、手渡された簪をじっと見つめている。

「ではな」

半兵衛は尻を持ちあげ、部屋から去りかけた。

「お待ちを、お待ちください」

おゆいが膝で躙りより、裾に縋りついてくる。

「亀木さまは、どうなされたのですか」

勘の良い娘だ。

それでも、半兵衛は真実を伝えられなかった。

「何か困ったことがあったら、訪ねてくるとよい」

下谷同朋町の所在を告げ、淋しげに微笑んで背を向けた。

七

昨夜遅く家に戻ってからは、泥のように眠りについた。

目覚めたときは陽が昇っており、垣根の向こうからは花飾りの手桶《ておけ》を売りあるく願人坊主《がんにんぼうず》の「おしゃか、おしゃか」という売り声が聞こえてきた。

「灌仏会か」

下谷の寺町は、牡丹や芍薬《しゃくやく》や杜若《かきつばた》といった季節の花々で埋めつくされ、そぞろに散策すれば浮きたつ気分にさせられることだろう。

甘茶をねだる洟垂れたちの騒がしさすら、気にならぬかもしれぬ。

寺町には美味い蕎麦屋もあるし、ひとつ繰りだすとするか。

そう決めて厠《かわや》へ向かうと、ぺんぺん草が逆さに吊るしてあった。

鴨居には、真新しい『蟲《むし》』の護符が逆さに貼られている。

おつやは、すでに近くの寺へ詣でたらしい。

「すまぬな」

長々と小便を弾きながら、頭をさげて謝った。

おつやは、余計なことは何ひとつ聞いてこない。

そのことがかえって、半兵衛の心を重くしていた。

「これ以上は、やめておくか」

亀木庄介の遺品となった銀簪もおさまるさきを見つけたことだし、やれるだけのことはやった。途中であきらめるのは癪《しゃく》だが、正直、深いところまで関わっていく気力も失せた。

起きたままのすがたで濡れ縁に座ると、おつやが昆布茶《こぶちゃ》を淹《い》れてきてくれた。

「摩利支天《まりしてん》さんで、甘茶をいただいてまいりました」

「ほ、そうか」

「ご散策に行かれますか」

「ふむ、そうしよう」

「されば、お支度を」

誘われ、尻を持ちあげたところへ、何やら安っぽい白粉の匂いが迷いこんでくる。

「ん」

簀戸が音もなく開き、蒼褪《あおざ》めた女がはいってきた。

幽霊か。

いや、ちゃんと足はある。

「おゆいか」

半兵衛よりもさきに、おつやが庭下駄《にわげた》をつっかけた。

おゆいは足をふらつかせ、その場に倒れてしまう。

裸足なのだ。

おつやは駆けより、おゆいを抱きおこす。

「しっかり」

岡場所から抜けだし、一心不乱に駆けてきたのだ。

半兵衛の心に、さざ波が立った。

おつやに肩を抱えられ、おゆいが近づいてくる。

「ご隠居さま……」

濡れ縁に座ることもできず、おんおん泣きはじめた。

おつやが急いで、金盥《かなだらい》に水を入れてくる。

おゆいは水に足を浸け、徐々に落ちつきを取りもどしていった。

「……す、すみません。勝手に押しかけちまって、ほんとうにすみません」

「謝ることはない。よく訪ねてきてくれたな」

おゆいにすれば足抜けも同然に、命懸けでやってきたにちがいない。

不安な気持ちが痛いほどわかるだけに、半兵衛も慰めのことばを掛けそびれた。

おゆいはおつやが運んできた湯呑みを両手で包み、昆布茶を少しずつのどに流しこんだ。

人心地がついたところで、また喋りはじめる。

「どうしても、亀木さまのことが忘れられず……う、うう」

おもいだすだけで、泣けてくる。

それほど、亀木へのおもいは強かったのか。

「とんぼ玉の銀簪を眺めていたら、亀木さまのお気持ちが痛いほど伝わってきて……それで、人づてに聞いて亡くなられたと知った途端、居ても立ってもいられなくなったんです。亀木さまはどうして、亡くなってしまわれたのですか」

「斬られたのだ。過《あやま》ってな」

「過って」

「おそらく、人違いであったに相違ない。わしは、その場におったのじゃ」

「もしや、人違いのお相手とは、一条蓮之介というお侍ではありませんか」

「なっ、おぬし、一条蓮之介を知っておるのか」

「いいえ」

驚いて尋ねると、おゆいは首を横に振った。

「お怒りください。わたしは、亀木さまを騙しておりました」

「何だと」

「わたしには、弥太郎《やたろう》という情夫《いろ》がおります。ろくな稼ぎもない半端者の小悪党で、酒に酔っては叩いたりする男ですが、何年も切れずにおりました」

弥太郎は物陰に潜み、客の顔をひとりひとり確かめていた。

「あわよくば、強請《ゆすり》をかけようとでも考えたのでしょう。だからきっと、亀木さまのお顔もおぼえていたのです」

ある夜、弥太郎はよく顔を出す鉄火場《てつかば》で、偶然にも亀木を見掛けた。しばらく遊んだものの、負けがこんだので鉄火場を出て、弥太郎はおゆいのもとへ金の無心にやってきた。ちょうどそのとき、おゆいは客をとっており、その客が亀木であったという。

「弥太郎は驚き、さほど離れてもいない鉄火場へ取ってかえしました。すると、亀木さまはまだそこにいて、盆茣蓙《ぼんござ》のうえには駒札が堆《うずたか》く積まれていたのです」

「つまり、亀木とうりふたつの男が鉄火場にいた」

「背格好も同じで、ちょっと見では気づかないほど似ていたそうです」

弥太郎はその侍に声を掛け、似ている者がいると事情をはなした。

「あいつ、金の匂いを嗅いだのです」

狙いどおり、相手ははなしに乗ってきた。

謝礼を弾むから、偶然を装って会えるようにしてほしいと、弥太郎は持ちかけられたのだ。

「その男こそ、一条蓮之介だったのか」

「はい。わたしは、弥太郎が自慢げにはなすのを聞いて悪い予感がしたので、ふたりを会わせるのはやめてほしいと頼みました。でも、お腹や背中をどつかれて、黙らされたんです」

余計なことを喋ったら殺すとまで脅され、亀木には告げられなかったという。

「ほんの十日ほどまえのはなしです。あとのことは知りません。弥太郎のふところが急にあったかくなったので、亀木さまは一条とかいうお侍と会ったのだろうなっておもいました。でも、亀木さまが亡くなるだなんて、おもってもみなかった。わたし、どうしたらいいのか……」

おゆいは、何ひとつわるくない。弥太郎に脅されていたのだ。

半兵衛は泣きじゃくるおゆいをなだめ、家で預かることにした。

もちろん、おつやに異存はない。かつては、同じ境遇にあった。

詳しい事情は聞かずとも、おゆいの気持ちなら痛いほどわかる。

「すまぬな、おつや」

半兵衛には、やらねばならぬことがある。

ふたたび、元十手持ちの血が騒ぎだした。

八

翌夕、半兵衛は巣鴨《すがも》に足を向けた。

弥太郎の出入りする鉄火場は、巣鴨染井《そめい》の大名屋敷のなかにある。

染井は植木町なので、鉢物名人の半兵衛には馴染み深い。

大名屋敷が藤堂和泉守の下屋敷と聞き、半兵衛は膝を打った。

藤堂家の上、中屋敷は下谷にあって親しんでいるし、何よりも一条蓮之介は津藩藤堂家の元藩士であった。

藩籍を離れた身で中間《ちゅうげん》部屋に出入りしていても、おかしくはない。

もちろん、一条に会えることなど期待していなかった。

だいいち、亀木は一条の身代わりになって死んだと確信している。

そうであったとすれば、本物の一条が顔見知りのいる鉄火場に来るはずはない。ひょっとしたら、江戸からすがたを消したかもしれないとすら、半兵衛はおもっていた。

いずれにしろ、亀木が斬られた理由を探りださねばならない。

半兵衛は何年かぶりで、体内を巡る血が湧きたつのをおぼえた。

哀れなおゆいのためにも、真相をあばかなければならなかった。

おゆいは凶事に巻きこまれただけなのに、負い目を感じているのだ。

半兵衛は意地でも、この難事をひとりでやってのけようとしていた。

卯吉を巻きこむのは申し訳ないし、半四郎や三左衛門には頼りたくない。

七化けのつもりで、髪を黒く染めた。

そのおかげで、十は若返って見える。

鉄火場でも、怪しまれることはあるまい。

道端には、黄色くて小さな烏帽子草《えぼしぐさ》が咲いていた。

桐の大木の梢《こずえ》には、紫の花がいくつも筒をつくっている。

半兵衛は日光御成道をたどり、駒込殿中《でんちゅう》から染井の方角へと左手に折れた。

左右に聳《そび》える鬱蒼とした松並木も、そのさきにある駒込七軒町《しちけんちょう》の家並みにもみおぼえがあった。

七軒町には親しい植木屋がいるので、一夜の宿を頼むこともできよう。

水茶屋に立ちより、陽が暮れるのを待った。

日没となってもしばらくはとどまり、人影が見えなくなったところで、やおら腰をあげた。

すっかり暗くなった道に小田原提灯《おだわらちょうちん》を翳し、藤堂屋敷の横手を照らしてみる。

海鼠塀《なまこべい》に沿って半町ほど行くと、木戸のそばに中間がひとり立っていた。

歩調を変えずに近づき、厳《いか》つい顔の中間に笑いかける。

「ちと遊ばせてくれぬか」

小粒を握らせてやると、すんなり内に入れてもらえた。

そこから中間部屋までは、点々と行灯《あんどん》が置かれている。

敷居をまたいださきには、人相の悪い下足番が待ちかまえていた。

指図されたとおり、長い廊下を渡っていくと、奇声や怒声にまじって、駒札を掻きまぜる音も聞こえてくる。さらに、紫煙が濛々《もうもう》とたちこめるなかへ踏みこむと、大勢の客たちが盆茣蓙を囲んでいるのがわかった。

「さあ張った、張った。半方はござんせんか」

中盆《なかぼん》の呼びかけに、やさぐれた感じの客が応じる。

「よし、半だ」

「丁半駒揃いやした。勝負っ」

壺がひらき、賽《さい》の目が出る。

「一《ぴん》ぞろの丁」

途端に緊張の糸が切れ、歓声と溜息が交錯《こうさく》した。
合力《ごうりき》の操る手長《てなが》で負け駒が集められ、勝った客のもとへ寄せられる。
「くそったれ、また負けかよ」
盆茣蓙の隅で悪態を吐く男は、鼻の脇に大きな黒子《ほくろ》のある瘦せた三十男だ。
半兵衛はほくそ笑み、気配もなく歩みよると、男の隣に座った。
さっそく若い中間がやってきて、金を駒札に換えてくれる。
半兵衛は四半刻（三十分）ほど、壺振りの所作をじっくり観察した。
博打は剣術の申しあいと同じで、壺振りとの呼吸で八割方勝負は決まる。
やがて、半兵衛は絶妙の間合いで駒を張りはじめた。
五番つづけて勝ちを拾うと、周囲はいやがうえにも注目しだす。
六番目には、半兵衛の張ったあとに追従する者が何人も出はじめた。
そして、十番つづけて勝つと、鼻先には堆《うずたか》く駒札が積みあげられた。
隣の黒子男は垂涎《すいぜん》の面持ちで、駒札と半兵衛を見くらべている。
「融通してやろうか」
水を向けると、黒子男は目を丸くした。
「えっ、いいのかい」

「かまわぬさ」

「ありがてえ」

黒子男は半兵衛に譲られた駒を張り、一度勝っただけで上機嫌になった。

「おいらは弥太郎ってもんだ。人は、般若《はんにゃ》の弥太郎と呼ぶ。へへ、般若の刺青《ほりもの》をよ、背中いっぺえに背負ってんのさ」

春をひさぐ女を暴力で黙らせ、ヒモとなって毎夜博打に興じている。

そんな男は掃きだめに首を突っこめばいいと、半兵衛はおもった。

しばらく遊んで駒札を金に換え、弥太郎に駄賃をくれてやる。

「外の空気でも吸わぬか」

手懐《てなず》けられた犬は、ふたつ返事でしたがった。

長い廊下を抜けて出口へ向かい、裏木戸から塀の外に出る。

客はもちろん、見張りの人影もない。

半兵衛は後ろもみずに歩き、松の木陰で振りむいた。

懐手《ふところで》で従いてきた弥太郎も、少し間をあけて足を止める。

「おぬし、弥太郎と申したな」

「ああ、そうさ。おいらは般若の弥太郎だ」

「粋がるな」

「えっ」

「おぬしは鼻糞だ」

「……な、何だと、この」

弥太郎はさっと身構え、懐中《かいちゅう》に手を突っこむ。

「匕首《あいくち》でも呑んでおるのか」

「あたりめえだろう。てめえみてえな耄碌爺はひと突きだぜ」

「やってみろ。わしを殺せば、ここにある金を手にできるぞ」

半兵衛はずっしりと重い懐中を叩き、弥太郎を煽りたてる。

「しゃらくせえ」

弥太郎は、ばっと匕首を抜いた。

半兵衛はだらりと両腕をさげ、胴を晒して誘いこむ。

「死ね、爺」

黒い影が、頭から突っこんでくる。

鼻先に迫る九寸五分の刃を、半兵衛はひょいと避けた。

避けながら相手の腕を取り、反転して肘をきめ、地べたに引きずりたおす。

後ろ手にした腕を捻ってやると、弥太郎は匕首を落とし、痛みに呻いてみせた。

「……か、堪忍だ」

「いいや、ならぬ」

半兵衛は梃子《てこ》の要領で膝を相手の背中に入れ、腕をさらに捻じまげる。

「ぎゃっ」

ぐきっと、鈍い音が響いた。

弥太郎は声もあげられず、額に脂汗《あぶらあせ》を浮かべる。

「安心しろ。肩の蝶番《ちょうつがい》を外しただけじゃ。聞きたいことにこたえたら、蝶番をはめてやる」

「……は、早く聞いてくれ」

「焦るな。そのうち、痛みにも馴れてくる」

「……た、頼む……な、何が聞きてえんだ」

「一条蓮之介のことさ。亀木庄介は、一条の身代わりになって斬られたのか」

「……そ、そうだよ」

「おぬしが仲介したのか」

「……あ、ああ」

「一条の目的は」

「……し、知らねえ」

「そうか。なら、左肩の蝶番も外してやる」

左の腕を手繰って力を込めると、弥太郎は激しく抗った。

「……ま、待ってくれ。喋る。喋るから、待ってくれ」

「待つのは一度きりだ。さあ、何もかも包み隠さずに喋ってみろ」

「……い、一条は津藩の間諜《かんちょう》だった」

藩命により、勘定奉行と御用商人の不正を探っていたが、探索の途中で悪党たちに取りこまれ、金に転んで寝返った。ただし、あくまでもそれは弥太郎の憶測だ。「自分が苦労して調べあげた金になるはなし」にすぎず、確かな証拠の得られた内容ではない。

半信半疑ながらも、筋は通っていると、半兵衛はおもった。

一条は悪党どもと取り引きをした。

一条蓮之介がこの世から消えれば、不正の追及はお蔵入りとなる。

無論、本人が死ぬわけにはいかないので、身代わりを用意した。

亀木庄介を身代わりに仕立て、相応の報酬《ほうしゅう》を得たのだ。

許せぬ。

悪事の筋を描いた連中は、ひとり残らず獄門台へ送らねばなるまい。

半兵衛は昂ぶる気持ちを抑え、問いをつづける。

「勘定奉行と御用商人の名は」

「……お、大内近忠《おおうちちかただ》と……が、蝦蟇屋伊右衛門《がまやいえもん》」

「一条蓮之介は今、どこにおる」

「……し、知らねえ、ほんとうだ」

「ならば、おぬしと会っていたところは」

「……つ、築地明石町《つきじあかしちよう》の船宿……べ、弁慶屋《べんけいや》」

「弁慶屋だな、よし」

半兵衛はうなずき、弥太郎の左腕を捻りあげる。

「うわっ……な、何しやがる」

「気が変わった。こっちの蝶番も外してやる」

ぐきっと、鈍い音が響いた。

「くそっ……い、痛え」

「喚《わめ》くがよい。おゆいの痛みを知れ」

「……て、てめえ、おゆいをゆいをどうしやがった……ぬぎゃっ」

弥太郎は両肩を外され、お芋虫《いもむし》のように転がった。

静かになったので覗いてみると、口から泡を吹いて気絶している。

半兵衛は表情も変えずに立ちあがり、七軒町のほうへ消えていった。

九

それから数日は、丹念に調べをつづけた。

おかげで、悪事の全容が輪郭《りんかく》をあらわしはじめた。

とっかかりは、津藩御用達の蝦蟇屋伊右衛門だ。

高価な『伊勢水《いせすい》』と呼ぶ菜種油《なたねあぶら》をあつかっている。

菜種油の相場を動かして大儲けし、連日のように芸者をあげて宴会に興じているとの噂もあった。

蝦蟇屋は新興商人で、御用達に引きあげたのは同藩勘定奉行の大内近忠ともいわれている。ふたりは蜜月の間柄にほかならず、宴席の雛壇《ひなだん》にはいつも大内が座っていた。

おおかた、藩の油を売って得た公金の一部を、蝦蟇屋は大内のもとに還流させているのだろう。さらには、油を横流しして高値で売り、儲けた金を相場に注ぎこんで暴利を貪《むさぼ》っているのにちがいない。

大内近忠には、熊川源之丞《くまかわげんのじょう》という腕の立つ用人頭が影のように侍《はべ》っていた。この熊川なる用人頭が、一条蓮之介の身代わりとなった亀木庄介を斬ったのではないかと、半兵衛は疑っている。

ともあれ、錬金術の仕組みは頭に描くことができた。

しかし、証拠を摑む術《すべ》はない。あくまでも、藩内で裁かねばならない不正でもあり、隠居した元同心が首を突っこんでもはじまらなかった。

だが、悪事を嗅ぎつけておきながら、抛《ほう》っておくのは口惜しい。

どうにかして、津藩の目付筋に連絡《つなぎ》を取る方法はないものかと考えていた。

と、そこへ、半四郎がひょっこりあらわれた。

亀木が斬られた翌日以来、八日ぶりのことだ。

「これを、おつやどのに」

手土産は、金沢丹波《かなざわたんば》の羊羹《ようかん》だった。

張りこんだなと察せられたが、無視しておく。

「生きておったのか」

「まだ、根に持っておられるのですか」

「執念深いのが取り柄でな」

「小耳に挟みましたぞ。足抜けしたおなごを匿っておられるとか」

「誰に聞いた」

「さあて」

「卯吉か、あいつめ」

「伯父上の身を案じてのことです。卯吉を責めてはなりませぬぞ。ところで、おなごはどこに」

半四郎は濡れ縁に座り、首を伸ばして奥を覗こうとする。

「おらぬわ。おつやと植木市を覗きにいったわい」

「さようですか。留守なら、ちょうどよい」

「何で」

「足抜け女の情夫は、般若の弥太郎と申しましたな」

「ふん、卯吉はそんなことまで喋ったのか」

「昨夜、弥太郎が死体で見つかりました」

「何だと」

「驚かれましたか。ひょっとして、弥太郎とお会いになったのでは」

「会うはずがなかろう」

半兵衛は必死に嘘を吐いたが、半四郎は疑いの目を向けてくる。

「死体は一刀で袈裟懸けに斬られておりました。見つかったところは、築地明石町の船宿にございます」

「船宿の名は」

「弁慶屋」

と聞き、半兵衛は奥歯を嚙みしめる。

「どうか、なされましたか」

「いいや、何でもない」

半兵衛は躊躇《ちゆうちよ》しつつも、意地を張って今までの経緯《いきさつ》を告げなかった。

弥太郎は弁慶屋で、一条蓮之介と会っていたのかもしれない。

何らかの行きちがいから、殺《あや》められてしまったのではあるまいか。

そうした憶測を伝えても、半四郎は不安を募らせるだけだろう。

これ以上の探索は許さぬと、厳しく言われかねない。

そのことを、半兵衛は懸念した。

「伯父上、まだあきらめておられぬのですか」

「そう見えるか」

「見えますね」

「安心せい。さすがに、わしもこの歳じゃ。若造のように遮二無二《しゃにむに》突っこむようなまねはせぬさ」

「それを聞いて、安堵いたしました。どうか、お約束ください。ぜったいに、無謀はせぬと」

「ああ、わかった」

「指切りげんまんを」

小指を出され、半兵衛は口をへの字に曲げる。

渋い顔で指を搦《から》め、指切りげんまんに応じてやる。

「さあ、伯父上」

「幼いころ、悪戯《いたずら》をするたびに、やらされましたな」

「そうであったかな」

「お忘れですか」

忘れるはずはない。半四郎を幼いころから我が子のように可愛がり、本気で養子にしたいとおもっていた。

「伯父上は、厳しくも優しいお方でした。わたしは伯父上のことばを胸に刻み、ここまで生きてまいったのでござります。十手持ちとして学ばせていただいたことも、数多くござりました。これからも、いろいろと教えを請わねばなりません」

「だから、死ぬなと抜かすのか。縁起《えんぎ》でもない」

「死なれたら、葬式が面倒ですしね」

半四郎は満面の笑みを浮かべ、丁寧にお辞儀をすると、簀戸の向こうに消えていく。

「あいつめ」

半兵衛は胸を熱くしながら、甥の背中を見送った。

意地を張って何になると、己れを叱りつける。

だが、人には意地を張らねばならぬときもあるのだ。

「わしはこの手で、亀木庄介の仇を討ちたい」

和泉橋で凶事に遭遇《そうぐう》したときから、それが自分に課された使命なのではないかと、半兵衛はおもいはじめていた。

十

翌日、十五日は永代寺《えいたいじ》山開きの最後なので、おつやとおゆいを連れ、深川《ふかがわ》まで足を延ばした。いつもは登ることのできない山門に登って景色を堪能したり、境内に咲きほこる牡丹を愛《め》でたりして楽しんだ。

おゆいは無邪気に笑っていたが、心に重荷を抱えており、人混みのなかで時折見せる横顔は淋しげだった。

亀木が求めたとんぼ玉の銀簪を髪に挿《さ》していないのも、おそらくは罪深さにとらわれているからで、足抜けも同然に逃げてきて半兵衛の世話になっていることも、どうやら負担に感じているらしい。

「詮方あるまい」

やはり、亀木の死に決着をつけぬかぎり、おゆいにも半兵衛自身にも心の平穏は訪れないのだろう。

半四郎にも釘を刺されたとおり、無謀《ざお》なこととは知りつつも、調べをつづけていた。数日前から、夕刻になると釣《つ》り竿を担ぎ、自邸から歩いてもさほど離れていない三味線堀《しゃみせんぼり》までやってくる。よく知られた釣りの名所なので、釣り糸を垂らす人影はちらほら見受けられた。

　そのうちのひとりが近づいてきて、親しげに挨拶してみせる。

「旦那、あっしでやすよ」

　藪睨みの目付きをみれば、誰かはすぐにわかった。

「卯吉か。どうして、ここにおる」

「旦那に謝らなくちゃ」

「半四郎のことか」

「さようで。旦那の身に何かあったらどうすると詰められ、あっしの知っていることはぜんぶ喋っちまいやした」

「ふん、そうか」

「申しわけござんせん」

「いいさ。済んだことだ」

「ありがとうござえやす。それで、旦那はどうしなさるので」

　卯吉は身を屈め、三白眼に覗きこんでくる。

「どうとは」

半兵衛は、わざとらしくとぼけてみせた。

「調べは、おつづけになるので」

「いいや、やめておくさ。耄碌爺にできることは、こうして釣り糸を垂れるくらいのものだ」

ほっと、卯吉は安堵の溜息を吐いた。

「ふふ、安心したか」

「へい」

「正直なやつじゃな」

「へへ、それじゃ、あっしはこれで」

「もう、行くのか」

「あっしがいると、魚が逃げるかもしれやせんので」

「またな」

「へい」

卯吉は深々と頭をさげ、逃げるように去っていく。

月が出た。

くいっと、手許に引きがくる。

巧みに竿を操り、釣果《ちょうか》をたぐりよせた。

「む」

かなりの大物だ。

水面まで釣りあげたところで、元気よく暴れまわった。

「野鯉《のごい》か」

もしかしたら、三味線堀の主かもしれない。

黄金の背鰭《せびれ》が、月光に煌《きら》めいた。

「吉兆《きっちょう》かもな」

さらに引きよせるや、ぷつっと糸が切れた。

「うえっ」

ついでに、竿まで流してしまう。

だが、口惜しいとはおもわない。

釣りをしにきたわけではないのだ。

半兵衛は天神橋《てんじんばし》のたもとに佇み、正面の商家を睨みつけた。

蝦蟇屋だ。

三味線堀のそばには津藩藤堂家の中屋敷があり、御用達の蝦蟇屋も近くに店を構えていた。

夜釣りにかこつけ、張りこみに通っていたのだ。

しばらくすると、表口の脇に宿駕籠《しゅくかご》がやってきた。

「動くか」

肥えた商人が、よそ行きの恰好であらわれる。

蝦蟇屋伊右衛門だった。

何度もすがたを見ているので、すぐにわかった。

「追うか」

半兵衛は裾をひっからげ、三味線堀を離れた。

「あんほう、あんほう」

駕籠かきは、のんびり南へすすんでいく。

老いたからだに鞭打《むちう》たずとも、充分に追っていける速さだ。

夢中で追いかけるうちに、堀川をいくつも越え、東海道をのぼっていることに気づいた。

芝口《しばぐち》を越え、増上寺《ぞうじょうじ》を横に眺めながら、新堀川《しんぼりがわ》をも越えていく。

さすがに、膝が笑いはじめた。

駕籠は芝田町《しばたまち》一丁目から九丁目まで突っきり、高輪を手前にしたところで、砂浜のほうへ逸れていく。

「船蔵か」

満月に照らされた夜の海を背にして、白壁がぼうっと浮かんでいる。

蔵は三棟並んでいた。

もちろん、船着場もある。

荷を運ぶ大きな船も繫がれている。

蝦蟇屋の蔵だとすれば、貯められた荷は油樽《あぶらだる》にちがいない。

「臭うな」

悪事の臭いを嗅ぎながら、半兵衛はひんやりした砂を踏みつけた。

十一

宿駕籠は、海に向かって右端の蔵に近付く。

蝦蟇屋は駕籠から降りて酒手《さかて》を払い、蔵のなかへ消えた。

半兵衛は砂浜に伏せて待ち、駕籠が去っていくのを見届けた。

砂浜に影をつくりながら、ゆっくり蔵へ近づいていく。

あたりを見まわしても、自分以外に人影はない。

蔵の正面口までやってくると、人ひとり滑りこめるだけの隙間を見つけた。

迷いもせず、からだを捻じこむ。

蔵のなかはひろく、鴨居の位置に掛け行灯が点々としていた。

おもったとおり、油樽が天井近くまで積みあげられている。

樽に詰められているのは、いずれも伊勢水と呼ばれる高価な菜種油だ。

藩の御用油として市場に売られ、津藩の台所を支える重要な収入源となるはずだが、一部は闇で売りさばかれているのだろう。

もちろん、証拠はない。

蝦蟇屋から裏帳簿でも奪うことができたらと狙っていたが、深入りしすぎた不安も拭えなかった。

半兵衛は慎重に土間を歩き、蔵のなかを調べてまわった。

やがて、薄暗がりに目が馴れてくると、別の部屋へ通じる扉のあることがわかった。

身を寄せたが、さすがに扉を開ける勇気はない。

おそらく、蝦蟇屋は扉の向こうにいる。

耳を澄ました。
物音ひとつ聞こえない。
部屋の向こうに、また別の部屋でもあるのだろうか。
半兵衛は、扉に手を掛けた。
鼓動《こどう》が高鳴る。
「ままよ」
引き戸を、すっと開けた。
真っ暗だ。
一寸先も見えない。
足を一歩踏みだす。
ぎっと、床が軋《きし》む。
刹那。
左右から、強烈な光を浴びた。
龕灯《がんどう》か。
「鼠《ねずみ》め、捕まえたぞ」
誰かが、勝ちほこったように叫んだ。

背後から何者かの影が迫り、避けようとしたところへ、横から拳骨《げんこつ》が飛んできた。

――ばこっ。

頬を撲《なぐ》られ、頭が真っ白になる。

倒れかけたところを、後ろから羽交《はが》いじめにされた。

「何だこやつ、よぼの爺ではないか」

「連れてこい」

手下ふたりに両腕を抱えられ、その場に引きたおされた。

「顔を持ちあげろ」

顎を、ぐっと引きあげられる。

龕灯の光が眩しすぎ、相手の顔はわからない。

「こやつ、見たことがあるぞ。おもいだした。和泉橋で立ち合った爺だ」

「一条さまの身代わりを斬ったときの」

「ああ、そうだ」

「なるほど、ますます怪しいですな。やはり、大目付の手の者でしょうか」

声の主の一方は、あきらかに蝦蟇屋だ。

もう一方の声にも、聞きおぼえがある。

「隠密にしては、歳を取りすぎておらぬか。髪なんぞ、真っ白ではないか」

「七化けかもしれませぬぞ」

「なるほど、蝦蟇屋の言うとおりだ。よし、面の皮を剝いでやるか」

半兵衛はばしっと、一発撲られた。

痛みに耐えながら、半兵衛は状況を理解した。

悪党どもは、こちらの動きに勘づいていたのだ。

張られていた網に、まんまとはまってしまった。

しかも、敵のなかには、亀木を斬った男がいる。

「熊川さま。やはり、ただの爺ですな」

蝦蟇屋の吐いた台詞で、その男が勘定奉行の用人頭だとわかった。

熊川源之丞と言うたか。

「熊川さま、どうなさるおつもりで」

「一条どのの判断を仰ごう」

「されど、一条さまのお戻りは明け方と聞いております」

「それまでは、泣き柱にでも縛りつけておけばよい」

半兵衛は、少し頭を混乱させた。

用人頭の熊川は、一条蓮之介を「一条どの」と呼び、蝦蟇屋は「一条さま」と呼んでいる。すなわち、横目として対立していたはずの相手に敬意を払い、指図を仰ごうとまでしているのだ。

一条蓮之介こそが悪党を束ねる首魁《しゆかい》なのではあるまいかと、半兵衛は疑った。勘定奉行の弱みを握り、悪徳商人と組んで、さらなる悪事を企んでいるのかもしれない。

横からまた、蝦蟇屋が口を出す。

「熊川さま、こやつ店の周囲を嗅ぎまわっておりました。やはり、大目付の間諜にまちがいありません。一条さまがいらっしゃるまえに責め苦を与え、素姓を吐かせましょう」

「何を焦っておる」

「菜種油の値が高騰《こうとう》しておりましてな、そろそろ蔵に隠したぶんを売りさばかねばなりません。それが一条さまのご意向でもございます」

「だから、どうせよと申すのだ」

苛立つ熊川にたいして、蝦蟇屋は意見を押しとおそうとする。

「一刻も早く間諜どもの動きを摑み、安心して伊勢水を売りさばく態勢を整えねばなりませぬ」

「それゆえ、この爺を責めよと申すのか。ふん、見掛けによらず、むごい男だな」

「くふふ、熊川さまほどでは。いずれにせよ、蟻《あり》の一穴《いっけつ》を見逃すなとは、一条さまのお言いつけにござります」

「たしかに、伊勢水の横流しで巨利を稼ぐ絵図を描いたのは、一条どのだ。お奉行も、一条どのを重宝におもっておられる。さすがに元横目だけあって、目付筋の動きは手に取るようにわかるしな。さればこそ、だいじなことは一条どのに判断を仰がねばならぬ。それにな、下手に責め苦を与えれば、こやつ、舌を嚙むかもしれぬぞ。間諜とはそうしたものだ。爺のことは、わしにまかせておけ。おぬしは、油をできるだけ高値で売りさばくことだけ考えておればよい」

「承知いたしました」

蝦蟇屋は渋々ながらも首肯《しゅこう》し、それ以上は何も言わなくなった。

半兵衛は熊川の手下たちに引ったてられ、土間のまんなかに聳える太い柱に後ろ手で縛りつけられた。

撲られた頬が、じんじん疼く。
腫れた瞼《まぶた》に遮《さえぎ》られ、目も見えない。
土間の冷たさが、尻を凍りつかせた。

十二

寒い。
考える気力も失せてしまった。
ただ、死ぬまえに、一条蓮之介の顔だけは拝んでおきたい。
亀木庄介を身代わりにしたことを認めさせ、顔に唾を吐きかけてやるのだ。
のうのうと生きていられるのも、今のうちだと伝えてやりたい。
それさえできれば、死んでもいい。
ふと、おつやの顔が浮かんでくる。
わしがいなくなっても、ひとり静かに涙を流してくれるだろう。
遅かれ早かれ、人は死ぬ。
死ぬ時期が少し早まっただけのはなしだ。
そうおもって、あきらめてほしい。

「すまぬな、おつや」
いつになく、弱気になっている。
ほんとうは、自分がいとおしい。
もう少し、生きていたかった。
半四郎や三左衛門にも謝りたい。
きちんと顔を見て、お礼を言いたかった。
いろいろ迷惑もかけたし、心配もかけた。
会えばいつも皮肉を言い、悪態も吐《つ》いた。
許してほしい。
「無念じゃな」
冷たい蔵で責め苦を受け、苦しみながら死んでいくのが理不尽だとおもった。
いっそ、舌でも噛むか。
いや、できれば、腹を切りたい。
最期だけは、武士らしく死にたかった。
腹を切らせてくれと、一条に頼んでみるか。
そんなことを考えながら、半兵衛は浅い眠りについた。

しばらくして目を醒ましたが、昼夜の区別もつかない。

あいかわらず、暗闇のなかに取りのこされている。

耳を澄ますと、何者かの跫音《あしおと》が近づいてきた。

龕灯を向けられ、眸子を瞑《つむ》る。

「爺、生きておるか」

熊川だ。

手下たちの気配も感じる。
七、八人はいるにちがいない。
それだけの敵を相手取り、闘う気力もなかった。

「一条どのは来ぬ。今し方、連絡《つなぎ》があってな、おぬしをどうするかは、わしにすべてまかされた」

半兵衛は、がっくりうなだれる。

一条は来ないのだ。

天に見放された気分だった。

「わしはな、間諜というものを知っている」

熊川は、胸を張った。

「おぬしは強情者だ。おそらく、素姓を口にすまい。されど、一度だけ告白の機会を与えてやろう。正直に素姓を吐けば、苦しまずに死なせてやる」

半兵衛は、力なく笑った。

「わしは、ただの隠居だ。おぬしらが考えているような間筋《かんすじ》の者ではない」

「おかしいではないか。ただの隠居が、なぜ、ここまで首を突っこむ」

「さあな。運命としか言いようがない」

「運命か。ならば、死んでも文句はないな」

「ないさ。斬るがよい。いくら責めても、こたえは同じだ。無駄なときを刻むだけのことじゃ」

「わかった。望みどおりにしてやろう。老い耄れに化けて出られるのも、かなわぬからな」

半兵衛は縄を解かれ、その場に立たされた。

足腰がふらつき、まっすぐ立っていられない。

「座っていては斬りにくいのでな。さあ、一刀で命を断ってやる。武士の情けとおもうがよい。はあ……っ」

熊川源之丞は抜刀し、白刃を大上段に振りあげた。

と、そのときである。

半兵衛は、一条の光明を見た。

熊川たちの背後から、強烈な朝陽が射しこんでくる。

「くせもの」

と、手下のひとりが叫んだ。

「くせものは、てめえらのほうだ」

聞きおぼえのある声が、耳に転がりこんでくる。

「……は、半四郎か」

不肖《ふしよう》の甥に率いられ、捕り方装束の連中がどっとなだれこんできた。

「……こ、これは、どうしたことだ」

大上段に構えたままの熊川が、半兵衛のほうに向きなおる。

「爺め、死ねっ」

猛然と、白刃が襲いかかった。

半兵衛は首を振って避け、相手の懐中に飛びこむ。

胴にしがみつき、柔術の大外刈《おおそとが》りで倒してみせた。

そこへ、半四郎が風のように駆けてきた。

大の字になった熊川の腕を取り、素早く早縄を打つ。

半兵衛は何とか起きあがり、辛そうに腰を伸ばした。

「伯父上、お怪我は」

「平気じゃ。それより、どうしてここがわかった」

「卯吉です。三味線堀で伯父上を見掛けたと申すので、そこからたどって蝦蟇屋を割りだし、蝦蟇屋を運んだ宿駕籠の連中から、船蔵の所在を聞きだしました」

「さようか。今、何刻じゃ」

「辰《たつ》ノ刻（午前五時）にござります」

「ふん、気を持たせおって。わざと遅れてきたのであろう」

「くははは、いつもの憎まれ口を叩かれましたな。それだけの気力がおありなら、案じるにはおよびますまい」

朗らかな半四郎の笑い声が、潮風に運ばれていく。

蝦蟇屋も熊川の手下たちも縄を打たれ、数珠《じゅず》つなぎになって砂浜に引かれていった。

蔵から外に出ると緑の松並木が見え、振りかえると、青海原《あおうなばら》に白波が砕けちる光景が飛びこんできた。

これは、浄土で見る景色ではあるまいか。

半兵衛にとっては、甥の半四郎こそが『拾う神』にほかならなかった。

十三

蔵の一件から五日経った。

捕らえられた蝦蟇屋の口から悪事の全容があきらかになり、悪党どもは津藩の裁きに委《ゆだ》ねられることとなった。

三十万石を超える大藩でもある津藩藤堂家の面目を保つべく、公儀は本件を与《あずか》り知らぬこととし、老中《ろうじゆう》の意向を受けて町奉行所も一切関知せぬとの立場を取らざるを得なかった。

悪事の首謀者である同藩勘定奉行の大内近忠をはじめ、関わった者たちがみな重罪に処されたことは言うまでもない。

それもこれも、解決にいたったのは半兵衛の手柄であったが、事の経緯《いきさつ》は表沙汰にされず、津藩から下谷同朋町の半兵衛邸へ使者が御礼に訪れる気配もなかった。

正直、半兵衛にとって手柄などはどうでもよかった。

ただ、気懸かりなことがひとつだけあった。

一条蓮之介だけは捕縛《ほばく》されず、まんまと逃げおおせてしまったのだ。

半四郎は「もはや、江戸にはおりますまい」と言ったが、半兵衛はそうおもわない。

江戸の片隅に留まり、牙《きば》を研《と》いでいるような気がしていた。

腰に小太刀を帯びているのも、浅間三左衛門から守り刀を借りてきたのも、万が一に備えてのことだ。

いかなる状況で対峙しようとも、動じないだけの心構えはできている。

八つ刻になると、雨がしとしと降ってきた。

垣根に残る卯の花を腐らせる鬱陶《うっとう》しい雨だ。

半兵衛は蛇の目を手に家を出ると、同心屋敷の並ぶ露地を通りぬけ、神田川のほうへ向かった。

右手で蛇の目をさし、左手には卯の花を提げている。

亀木庄介を供養すべく、三日前から和泉橋に通っているのだ。

欄干の隅に河原石を置き、供養石に見立てて花を手向《たむ》けていた。

いつのまにか花は増え、線香の煙が立ちのぼっていることもあった。

誰とも知らぬ他人の心配りに感謝しつつ、半兵衛は通いつづけようとおもった。
そうすればきっと、天運がめぐってくる。
半兵衛は、和泉橋にたどりついた。
あたりは、夕暮れのような暗さだ。
雨は強さを増し、橋を行き交う人影もない。
ただ、橋のまんなかの欄干寄りに、侍の影がひとつあった。
編笠《あみがさ》を深くかぶり、筒袖《つつそで》に伊賀袴《いがばかま》をつけ、雨に濡れるにまかせている。
めだつのは、腰に帯びた異様に長い刀だ。
背格好から、すぐに誰かはわかった。
「一条蓮之介か」
やはり、天は見放していなかった。
半兵衛はほくそ笑み、ゆっくり歩をすすめた。
不思議と、緊張はない。
気負いもなければ、胸の高鳴りもない。
朝霧に包まれた湖畔《こはん》を歩いているような、いたって静かな心境だった。

あるがままの運命を受けいれ、やるべきことをやるだけだ。

何か、大きな柔らかいものに守られているような気もする。

たぶん、亀木庄介がそばにいるのだろう。

半兵衛は足を止め、編笠の侍に声を掛けた。

「逃げずにおったか」

一条とおぼしき男は「くく」と鳥が囀《さえず》るように笑い、濡れた供養石に顎をしゃくる。

「わしの替え玉は、ここで斬られたようだな」

「さよう。亀木庄介は、そこで熊川源之丞に討たれた。恨み言を吐く暇もなしに」

「わしを恨んでなどおるまい。あやつは、死にたがっておったからな」

「いいや、亀木は生きたがっていた。とんぼ玉の銀簪に、一縷《いちる》の望みを託しておったのだ」

編笠が、すっとかたむけられる。

「とんぼ玉の銀簪だと」

「おぬしは知るまい。命を軽くあつかう者に、人の心はわからぬ」

「ふん、死んだ男のことなど、どうでもよいわ」

「ならば、なぜ、和泉橋にやってきたのじゃ」

「うぬに会えるとおもってな。調べたぞ。うぬは大目付の間諜でも何でもなかった。元風烈廻り方の老い耄れにすぎぬ。そんなやつのせいで、わしは大損をこかされた。わざわざ替え玉をつくり、名を捨てた意味も失せた。うぬを斬っておかねば、どうにも目覚めがわるい。気が済まぬのよ」

「老い耄れひとりを斬るために、わざわざ足を運んできたとはな。ずいぶん、買いかぶられたものよ」

「買いかぶってなどおらぬわ。うぬの皺首を手っとり早く刎《は》ねたら、その足で江戸を捨て、東海道を西へ駆けのぼるつもりさ」

「できるかな」

にやりと、半兵衛は不敵な笑みを浮かべた。

「ほほう、たいした度胸ではないか。わしの出自《しゅつじ》は伊賀の無人足でな、ただの剣客とはわけがちがうぞ」

「忍びの血を引く者が、三尺の刀を帯びておるのか」

「むふふ、無人足のなかでも、長尺刀《ちょうじゃくとう》を自在にあつかえる者はかぎられておる。いずれにせよ、大刀も持たず、このわしと互角の勝負ができようはずもない。唯一、うぬに勝機があるとすれば、わしに抜かせぬことだ」

勝ちほこったように嗤《わら》い、一条は編笠をはぐりとった。

死んだ亀木とうりふたつの顔が、怒気を放っている。

「たしかに、よう似ておるわい」

半兵衛は蛇の目を丁寧にたたみ、卯の花ともども足許に置いた。

一条との間合いは、まだ五間ほどある。

間合いを詰めようと、大きく一歩踏みだした。

「おっと、近づくでない」

一条は腰を落とし、ずらりと大刀を抜いた。

物干し竿のごとき刃が雨粒を弾き、右八相に掲げられる。

「ふふ、抜いたぞ。もはや、おぬしに勝ち目はない」

「まだ、わからぬわい」

半兵衛も小太刀を抜き、片手青眼に構えた。

「莫迦め、一尺と三尺では勝負にならぬわ」

一条は右八相の構えをくずさず、爪先を躙りよせてくる。

半兵衛は、微動だにしない。

ゆったり構え、相手を呼びこもうとする。

「爺め、わしに小細工は通用せぬぞ。一刀で、あの世へおくってやる」

「その過信が死を招くのじゃ」

「なにっ」

怒りあげる一条を見据え、半兵衛はすっと右腕を持ちあげた。

片手上段に構えなおし、肘を突きだして振りかぶる。

「つお……っ」

一条は憤然と地を蹴り、結界《けっかい》を破った。

「ほっ」

半兵衛は、絶妙の呼吸で小太刀を投げつける。

「何の」

至近から放たれた白刃は、三尺の刀でいとも容易《たやす》く弾かれた。

激しい火花が散り、小太刀は宙へ舞っていく。

「莫迦め」

物干し竿が唸りをあげ、横薙《よこな》ぎに半兵衛の首を狙った。

つぎの瞬間、別の刃が煌めきを放った。

「ぬぐっ」

ふたつの影が交差し、左右に分かれていく。

一条は三歩すすみ、足を止めた。

突如、のどぼとけがぱっくり裂け、鮮血が雨と噴きだす。

「死におったか」

半兵衛は腰を伸ばし、ふうっと溜息を吐いた。

左手には、守り刀を握っている。

「邪道でも、勝てばよいのじゃ」

曇天を仰ぎ、雨粒をごくごく呑みながら、三左衛門に感謝した。

地べたに散らばった卯の花が、深紅に染まっている。

半兵衛は供養石のまえで跪《ひざまず》き、じっと祈りを捧げた。

あいかわらず、橋を行き交う人影はない。

卯の花腐《くだ》しの雨が降りしきるなか、屍骸の転がる和泉橋だけがこの世から切りはなされてしまったような錯覚に襲われた。

十四

数日後。

遠く左手を眺めれば、幾重にも層をなす青海原がひろがっている。

高輪の大縄手には白波が寄せては返し、碧空《へきくう》を横切る海燕《うみつばめ》と戯れているかのようだ。

――下にい、下に。

弓なりにつづく海岸に沿って、大名行列が延々とつづいていく。

青葉茂れるこの時季、多くの外様大名たちは参勤交代《さんきんこうたい》で国許へ帰る。

半兵衛の目に映っているのは、伊勢へ向かう津藩藤堂家の行列だった。

「呑気なもんでやすね」

藪睨みの卯吉が隣でこぼしたとおり、藤堂家の行列は何事もなかったかのように粛々《しゅくしゅく》とすすんでいく。

半兵衛はおつやとおゆいをともない、わざわざ大名行列を見送りにきたのだ。

水先案内を買ってでたのは、卯吉だった。

一条蓮之介を討ったことを知る数少ない者のひとりだ。

半兵衛は何ひとつ隠す気もなかったし、罰を受ける覚悟も決めていた。

何せ、仇討ちとしては認められるはずがない。

半兵衛にとって、亀木は赤の他人なのだ。

仇討ちのつもりが、ただの人斬りと断じられても、おかしくはなかった。

面倒なので、半四郎に後始末をまかせると、一条は行き倒れとして葬られた。

名もなければ、住むところもない。もはや、この世にいないはずの人間なのだから、誰にも文句は言わせない。

半四郎はそう息巻き、半兵衛を守りとおした。

洟垂れだとばかりおもっていた甥は、少し見ぬまに、頼り甲斐のある男に成長していた。

「亀木っておひとも、あの世で喜んでおられやしょう」

卯吉は何やら饒舌《じょうぜつ》だが、肝心なことを隠している。

半兵衛は見抜きつつも、知らぬ顔を決めこんだ。

島田《しまだ》に結ったおゆいの髷には、海の色と同じとんぼ玉の銀簪が挿してある。

ようやく、亀木の気持ちを素直に受けとめることができたのだ。

「旦那、じつは折りいって、お願《ねが》えしてえことがありやす」

卯吉は身を寄せ、深々と頭をさげた。

「おゆいを、あっしの養女にくだせえ」

「えっ」

あまりに唐突な申し出なので、阿呆面《あほうづら》を向けるしかない。

半兵衛よりも驚いたのは、おゆい当人だった。

寄りそうおつやだけが、静かに微笑んでいる。

「白山権現裏の岡場所にも足を向け、抱え主とはなしをつけてめえりやした」

卯吉は小鼻をひろげて説き、おゆいに向きなおる。

「もちろん、無理強いはしねえ。おめえさえよければのはなしだ。こんなところで身の上話も何だが、おれはむかし、五つの娘を疱瘡《ほうそう》で亡くしちまった。生きてりゃ、ちょうどおめえと同じ年格好だ。はじめて見たときから、神様のおぼしめしじゃねえかとおもった。勝手なはなしかもしれねえが、おれの娘になってくれ」

おゆいはじわりと涙を浮かべ、俯いたまま顔もあげられない。

「何も固く考えることはない」

と、半兵衛が助け船を出した。

「岡場所のおなごが、巾着切の娘になるだけのはなしじゃ」

おゆいは泣き笑いの顔になり、卯吉に何度も頭をさげる。

ここにもひとり、拾う神はいた。

――下にい、下に。

藤堂家の行列は、威風堂々《いふうどうどう》と大縄手を西へすすんでいく。

やがて、先触れの凜々しい声は、波音に紛れてしまった。

「おつや、今日は何やら気分が良いな」

「はい、仰るとおりにございます」

心優しいつれあいは、そっと身を寄せ、指をからめてくる。

半兵衛は晴れやかな顔で、潮風を胸いっぱいに吸いこんだ。

双葉文庫

さ-26-49

照《て》れ降《ふ》れ長屋風聞帖《ながやふうぶんちよう》【十七】

臼窓《いわくまど》〈新装版《しんそうばん》〉

2022年1月16日　第1刷発行

【著者】

坂岡真《さかおかしん》

【発行者】

箕浦克史

【発行所】

株式会社双葉社

〒162-8540 東京都新宿区東五軒町3番28号

［電話］03-5261-4818(営業部)　03-5261-4833(編集部)

www.futabasha.co.jp(双葉社の書籍・コミックが買えます)

【印刷所】

中央精版印刷株式会社

【製本所】

中央精版印刷株式会社

【フォーマット・デザイン】

日下潤一

ISBN978-4-575-67091-2 C0193

Printed in Japan